KB269074

수지

쥐와 연애하는 소녀

수지

김주희 장편소설

민음사

1부

칼날 같은 햇빛이 창문을 찌르는 시간, 곱슬머리 천사는 시체 곁에서 허밍을 시작한다. 어린 마이클 잭슨이 「벤(Ben)」을 부르던 음색으로. 먼지와 뒤섞여 떠도는 영혼의 입자들을 불러 모은다. 대여섯 살 아이만 한 키에 노란빛 가슴, 연분홍 피부와 날개를 가진 천사. 천사가 맑고 동그란 눈동자로 바라보는 건 수지다.

4층과 3층 사이 층계참에 버려진 듯 뻗어 있는 열두 살 소녀의 시체. 찢긴 원피스 사이로 핏기 없이 드러난 오른쪽 젖가슴을 햇빛이 롱기누스의 창처럼 꾸욱 찔러 본다. 식칼이 박힌 아랫배에는 피 분수가 솟구쳤던 흔적이 남아 있다. 피가 붉은 시럽처럼 끈끈하게 달라붙은 원피스. 사람들은 모른다.

천사가 이제 막 수지의 영혼 수거 작업을 끝냈다는 걸.

　어스름이 우울증 환자처럼 소심하게 내려오고 한 청년이 도시의 변두리 건물 안으로 들어온다. 그는 독신자나 학생이 주로 사는 이 원룸 건물 안에서 유일하게 수지를 아는 사람이다. 언뜻 보면 못생기지도 잘생기지도 않은, 평범한 청년. 하지만 그의 가슴 깊은 곳을 보면 자신을 인간만도 못한 짐승 같은, 이라고 소개하고 있다. 이런 나도 연애를 할 수 있을까. 나 같은 것과 섹스를 할 여자가 있기는 할까. 청년은 여자와의 첫 경험에 실패한 후로 자신을 인간 이하라고 여겨 왔다.
　피비린내 묻은 무덥고 습한 공기가 먼지처럼 쌓여 있는 계단. 남자는 어두운 잿빛 표정으로 힘없이 3층 계단을 오른다. 계단참에 뭉쳐 있던 피가 똬리 푸는 뱀처럼 스멀스멀 움직인다. 피는 계단을 내려와 그의 운동화 코끝에 닿자마자 둥글게 몸을 만다. 그제야 그는 고개를 들어, 수지를 본다. 수지는 로드킬 당한 짐승처럼 계단참에 버려져 있다. 그는 수지 옆에 바로 무릎을 꿇고 고개를 푹 숙인다. 눈물방울이 초점 없는 수지의 눈동자 위로 톡 떨어진다. 그는 떨리는 오른손으로 수지의 눈을 한쪽씩 조심스레 감겨 준다. 그리고 복부에 박힌 칼을 빼내려 손을 뻗었다가 주먹을 쥔다. 그 손을 피 묻은 바닥에 짓이기며 울음을 삼킨다. 대체 누가 이런 짓을!

사실, 아무도 수지를 죽이지 않았다. 사람들은 세상에 수지가 숨 쉬고 있었다는 것조차 몰랐다. 수지가 연기를 잘한다는 것도 알 리 없지. 수사 결과가 제대로 나온다면, 수지의 배에 난 상처는 자기 자신을 찌를 때 생기는 주저흔으로 밝혀질 것이다. 하지만 수지가 왜 미소를 띤 채 죽었는지는 프로파일러도 알 수 없을 것이다. 그건 목숨을 건, 수지의 마지막 표정 연기였다.

끈적끈적한 습기가 벽마다 달라붙어 있고, 창밖에서 바람 한 줄기 들어오지 않는 여름. 두통에 시달리는 환자처럼 하늘은 며칠째 인상을 구겨 대고 있다. 칼에 찔린 그날 아침, 수지는 남자의 방에서 잿빛 하늘을 보다 한숨을 내뱉듯 말한다. 나는 혼자야. 수지에게는 가족이 없다. 열두 살 몸으로 혼자 살아가려면 행운이 그림자처럼 따라다녀야 한다. 그런 의미에서 남자는 수지의 행운이었다. 남자는 방과 음식과 옷을 제공하며 수지를 보호해 주었다. 그런데 남자에게 옛 애인이 찾아왔다. 남자의 첫 경험 상대가 될 뻔했던 여자. 둘이 결혼이라도 한다면 수지는 어떻게 되지. 유기 동물처럼 거리로 쫓겨날 것이다. 하지만 그보다 더 절망적인 사실은 어제도 오늘도 수지는 열두 살이라는 것. 하루빨리 어른이 되어야 한다는 건 이제 수지에게 있어 생존의 문제였다. 하지만 어른이 된다는 건 죽은 사람과 약속을 잡는 것처럼 무모하고 비현실적인 사건 같았다. 단지 살아가기만을 위해 어른이 될 필요가 있을까. 수지는 자기 발로 세상에서 퇴장하겠다고 결심했다. 연극 배우처럼 거리낌 없이 칼을 집어 들었다. 4층 계단을 내려와, 계단참에 서서 원피스 앞섶을 찢었다. 타살로 위장하는 편이 남자의 죄책감을 조금이나마 덜어 줄 거라고 판단했던 것이다. 하지만 도시의 구석구석을 쥐처럼 혼자 돌아다니는 남자가, 알리바이를 증명해 줄 증인 하나 없이 용의자로 몰려도 어쩔 수 없는 일이었다. 수지는 입술 양 끝을 올렸다. 그에게 미소로 작별 인사를 하기 위해. 칼을 복부에 힘껏 꽂았을 때 수지의 비명이 허공을 찢어발겼지만 아무도 오지 않았다.

이렇듯 머릿속에서 나를 죽이는 건 간단하다.

현실의 나는 이 몸으로 혼자 사는 것이 두려워, 이곳을 떠나지 못하는 겁 많은 인간일 뿐인데. 온갖 생각이 눈처럼 쌓이기만 하고 녹지 않는 여름밤, 마이클 잭슨의 「리틀 수지(Little Susie)」를 들으며 공상에 빠져 있었다. 이어폰을 빼고 돌아눕자 바로 저기, 방바닥에 공처럼 둥글게 몸을 만 그의 뒷모습이 보인다. '달'이라고 불리는 저 스물일곱 살의 남자는, 방금 끝난 공상에서 내 상대역을 맡았다. 하지만 내 시점으로 보는 이 현실에서, 저 남자의 역할을 한마디로 설명하기란 쉽지 않다. 우리는 가족도 연인도 아니지만 여름이 막 시작된 날부터 이 방에서 동거하고 있다. 남자는 첫사랑인 여자 친구에게 나를 조카라고 소개했다. 그의 여자 친구가 알고 있는 나는 가정에서 관심과 보호를 받지 못하여 마음의 문을 닫아 버리고 등교도 거부한 열두 살 소녀. 버림받지 않기 위해 스스로 어른이라고 망상하는 소녀. 물론 그건 사실이 아니지만 나는 남자와의 관계를 아무한테도 말할 수 없다. 일주일 전 남자와 이 방에서 섹스 직전까지 갔다는 사실도.

남자가 첫사랑 같은 거랑 결혼하기 전에 나는 어른이 되어야만 한다. 어제 나, 그와 그의 여자 친구, 우리 세 사람은 강변북로가 보이는 선상 뷔페에서 저녁을 먹었다. 마법사 모자를 쓴 남자를 부른 건 그의 여자 친구였다. 마법사 모자는 곧 건너와서 타로 카드를 테이블에 늘어놓았다. 조만간 결혼할 사이. 남자의 첫사랑 그녀는 머뭇거림 없이 그와 자신을 동시에 소개했다. 남자의 표정을 보고 싶지 않았다. 나는 파울 클레의 「새로운 천사」처럼 옆을 보다가 자리에서 일어났다. 나 강물 보고 올래. 남자는 나를 붙잡지 않았다. 삼촌처럼 미소 띤 얼굴로 고개를 끄덕이고는 다시 타로 카드에 시선을 주었다. 유람선 난간에 팔을 걸치고 빌딩과 고층 아파트마다 큐빅처럼 박혀 반짝이는 불빛을 바라보았다. 두 사람이 결혼하면 이제 나는 어디로 가지. 교각 가로등에서 낙하한 불빛이 강 위에 교미하듯 푸르고 붉은 물그림자로 뒤엉켜 있었다.

저 남자하고 섹스하면 한 방에 어른이 될지도 몰라.

열두 살 소녀인 나를 어른으로 만들어 줄 남자는 세상에서 한 명뿐. 바로 내 삼촌 역할을 하는 달이라는 남자. 하지만 내가 보아 온 저 남자는 이제 결혼할 여자가 있는 이상 열두 살 소녀와 몸을 섞지 않을 것이다. 남자와 섹스하고 어른이 된다는 건 빗줄기를 움켜쥐려는 무모한 시도 같았다. 그런데 그날 밤 이 방에서 이야기는 다른 방향으로 전개되었다. 그는 여자 친구에게 자신이 쓴 드라마에 출연한 여배우가 자주 생각난다고 고백해 버렸다. 그 얘기를 문밖에서 엿들으며 내 가슴이 얼마나 두근거렸는지 남자는 모를 것이다.

침대에서 내려와 어둠 속에 발을 담가 본다. 남자의 목에는 칼날에 베인 자국이 있다. 낮에는 상처를 바로 보지 못하다가 깊은 밤 남자가 잠든 후에야 나는 옆으로 다가간다. 목덜미에서 오른 귓불을 향해 갈고리 모양으로 그어진 상처. 나는 그 상처를 만든 범인을 아주 잘 안다. 그래서 더욱 말할 수 없다. 화장실로 들어와 비누 거품을 내어 손을 계속 씻다가 거울 속 여자아이와 눈이 마주친다. 어제처럼 오늘도 열두 살인 소녀의 얼굴. 남자는 저 거울 속 여자아이를 수지라고 부른다. 진실을 말하자면, 나는 절대로 수지가 아니다.

오늘 밤, 어른이 되고 싶다. 아까 남자는 달콤한 술 냄새를 달고 들어왔다. 일주일 전 섹스 직전까지 갔던 남자와 여자가 마저 섹스하기에 좋은 기회가 아닐까.

"제발, 나를 받아 주세요. 젊은 남자는 포기하지 않고 계속 문을 두드렸어. 어린 천사는 몇 번이나 문고리를 매만졌지. 하지만 신의 허락 없이는 천국의 문을 열어 줄 수 없었어. 문을 두드리는 사람들은 저마다 안타까운 사연을 가지고 있었거든. 그런데 어린 천사가 남자를 동정한 나머지 아주 살짝 문을 열고 말았어. 문틈으로 눈부신 빛다발이 쏟아져 나오는 순간 남자는 방에서 눈을 뜨지. 꿈이었구나. 남자가 미간을 찌푸렸을 때, 누군가 방문을 두드리기 시작했어. 주저하듯이 조심스럽게."

8월의 무더위가 기승을 부리는 한낮의 공원 벤치에는 소년과 내가 갈 곳 없는 최후의 인류 한 쌍처럼 앉아 있다. 우리는 이 공원에서 우연히 만나는 사이다. 오늘도 터덜터덜 공원 안으로 걸어와 고개를 들었는데, 소년이 그네에 앉아 있었다. 공원은 두 원룸 건물이 마주 보며 서 있는 길에서도 보인다. 낡은 초록 건물은 그네에 앉아 있는 사람을 기준으로 오른편에 곧 조직에서 퇴출될 사람처럼 초라하게 버티고 있는데, 거기 4층에 바로 달의 방이 있다.

"누구지? 밤중에 올 사람이 없는데. 남자는 고개를 갸웃거리며 문을 열었어. 거기에 여자아이 하나가 서 있었지. 아이는 천국에서 지상으로 걸어온 것처럼 지쳐 보였어. 너는 누구니? 아이는 대답하지 않았어. 집에서 쫓겨난 듯 불안하고 울먹이는 눈동자로 남자를 올려다볼 뿐이었지. 남자는 아이가 자기를 내려다볼 수 있도록 무릎을 굽혀 앉았어. 너는 달이야. 드라마 작가지. 잠시 후 아이가 작은 입을 열어 가까스로 꺼낸 말은 바로 남자의 이름과 하는 일이었어."

소년은 사색에 잠긴 듯 긴 속눈썹을 내리깔고 있다. 쌍꺼풀 없는 눈에 살짝 위로 올라간 눈초리와 긴 속눈썹, 흰 피부, 윤기 나는 입술. 소년은 내 이야기를 들을 때 눈을 지그시 아래로 향한다. 내 이야기를 가장 잘 들어주는 사람이 바로 소년이다. 내 거짓말에도 진지하게 속아 줄 것 같은 사람. 그래서 소년만 보면 자꾸 이야기가 하고 싶어진다. 이러다 언젠가는 소년에게 내 진짜 이야기를 들려줄지도 모른다.

"사실 아이는 어린 천사였어. 남자에게 천국의 문을 열어 주려다가 신의 노여움을 샀지. 천사는 날개를 잃고 지상으로 추락했어. 세상살이의 힘겨움을 뼛속 깊이 느껴야 했지. 하지만 가장 견디기 어려운 건 자신이 누구인지 밝힐 수 없다는 거였어. 말하는 순간 소멸될 거라는 신의 저주를 받았거든."

"그럼 죽고 싶으면 자기 정체를 밝히면 되겠네."

"그래, 그럴 수도 있겠다. 아무튼 자기 정체를 밝힐 수 없는 천사와 무명 드라마 작가는 지금도 같이 살고 있어. 이 이야기가 어떻게 끝날지는 나도 몰라. 현재진행형이니까."

달의 노트에 적힌 반 페이지짜리 미완성 시놉시스에 내 상상력을 더해 이야기를 들려주었다. 만약 내가 찾아오지 않았다면 그는 두 번째 작품 「새로운 천사」를 구상하지 못했을 거다. 이 작품이 드라마로 방영될 때쯤 나와 달은 어떻게 달라져 있을까.

"네가 하도 안 와서, 인어 공주처럼 물방울이 돼 버린 줄 알았어."

소년이 변성기 특유의 굵고 낮은 목소리로 말한다.

"아, 일주일 동안 다른 데 가 있었어. 보호자가 병원에 입원했다가 엊그제 퇴원했거든. 어제는……."

말을 끊자 핏 하고 짧은 헛웃음이 터져 나왔다. 오죽이나 속말을 할 사람이 없으면 소년에게 어제의 상황을 말하려고 했을까. 공원뿐 아니라 문밖 어디로도 나가지 못하고 방에만 있으면서 내 심정이 어떠했는지. 아무렇지 않게 드라마 이야기나 하고 있지만 속에서는 걷잡을 수 없는 감정의 소용돌이가 수시로 일어나고 있다고 말해 버리고 싶었다. 그런 이유로 아까부터 저 길 끝에 내 이야기를 들어줄 어른이 나타나기를 바라며 자주 시선을 던져 보곤 했다. 오늘은 달의 여자 친구가 내 공부를 도와주러 오는 일요일인데, 과연 나타날지는 알 수 없었다.

"보호자는 책임져야 하는 사람이 있으니까 몸 관리를 잘 해야 해. 생명보험 같은 데 가입되어 있어도 참 좋은데. 그런 데 네 보호자 말이야. 아빠치고는 어려 보이더라."

그래, 퍽 어리지. 나는 건성으로 대답하고는 몰래 카메라를 찍듯이 숨죽인 채, 문득 나타난 목표물에게서 시선을 떼지 않는다. 달의 여자 친구가 운전하는 빨간색 경차가 골목 모퉁이를 돌아 나와 투명한 햇빛을 부드럽게 밟으며 다가온다. 잠시 후 차가 건물 앞 주차선 안에 멈춰 서자, 운전석 문을 열고 그녀가 나타난다. 하얀 티셔츠에 청 미니스커트를 입은 그녀가 내 시선을 눈치채지 못한 듯 자연스럽게 건물 안으로 들어간다. 내 마음은 정확히 사과 반쪽 모양으로 갈라져, 이러지도 저러지도 못하는 중이었다. 내가 공원으로 나온 건 그녀를 보기 위해서일 수도, 그 반대일 수도 있는 것이다. 나한테는 할 이야기가 있었다. 그녀라면 내 이야기를 들어줄지도 모른다는 기대와, 그녀이기 때문에 더더욱 이야기해서는 안 된다는 금기가 팽팽하게 맞섰다.

"다음에 보자."

자리에서 일어났다. 그녀에게 이야기를 들려줄 것이다. 하지만 막상 건물로 들어와서는 내 공상 속의 달이 그러했던 것처럼 힘없이 계단을 밟는다. 같은 여자로서 그녀에게 들려줄 이야기가 있다. 고백할 수 있을까. 나는 수지가 아니라고. 폭

우를 한껏 품은 잿빛 구름처럼 마음이 무겁다. 달이 새벽에
나가서 돌아오지 않는다고도 말할 수 있을까. 혹시 이러다 내
성장의 열쇠를 쥔 그 남자, 달마저 사라져 버리는 건 아닌지.

사실, 나에게는 5월의 마지막 밤, 사라져 본 경험이 있다.

2부 

NG! 아이가 된 지금도 차 피디의 차갑고 단호한 목소리가 느닷없이 내 머릿속 정적을 가를 때가 있다. 그러면 자연스럽게 하얀 보름달 아래, 4월의 아카시아 향이 몽롱하게 퍼져 있던 공원이 떠오른다. 차 피디가 현실과 드라마를 여닫는 주문, "NG!"를 외칠 때 바로 고개를 푹 숙이던 내 모습이 기억 속에서 클로즈업된다. 경력 20년이 넘는 아역 출신 연기자가 신인 남자 배우보다 NG를 더 많이 내다니. 나는 자기를 부끄러워하는 죄인처럼 땅만 본다.

"연기하는 티가 너무 나. 현실이라 생각하라고. 너 지금 고백하는 거야."

차 피디는 현장에서 수준 이하의 연기를 하는 성인 배우에게만 담담하게 반말을 한다. 죄송합니다. 차 피디를 향해 한 번, 스태프들을 향해 또 한 번 허리를 깊이 숙인 다음에야 고개를 들었다. 무표정한 사람들 가운데서 한 사람만이 달무리 같은 미소를 보내 주었다. 따뜻한 눈빛으로 주변 어둠을 부드럽게 밀어내는 미소. 눈이 마주친 순간 그는 입 모양으로 메시지를 전했다. 힘내세요. 바로 단막 드라마 「달의 마지막 연인」을 쓴 스물일곱 살 신인 작가 달이었다. 바람과 빛이 리듬을 타고 들어온 듯 컴컴한 마음 한곳이 밝아졌다. 환해진 구석에서 반딧불처럼 소심하게 반짝이는 마음을 나는 알아볼 수 있었다. 혹시 저 남자 나를 보러 오는 건가? 굳이 그럴 필요가 없는데도, 달은 현장에 나와 일을 찾아서 했다. 대본 연습 현장에서는 내가 고등학생 유령 역을 맡았던 작품을 기억하며 팬이라고 말했다.

액션 사인이 떨어지자 나는 상대 배우를 연인이라 생각하며 감정을 잡았다. 그런데 대사를 말하려는 순간 어른 팔뚝만한 회색 시궁쥐가 절뚝거리며 공원 화단 구석 아래로 몸을 감췄다. 목울대까지 차오른 비명을 삼키고, 상대 배우의 눈을 본 순간 나는 대사에도 없는 단어를 뱉어 내고야 말았다. 쥐. 순간 내 머릿속은 정전이 되었다. 그런데 카메라가 돌아가고 있었다. 내 가슴도 두근거렸다. NG를 내면 이 세계에서 아웃이야. 어떤 배역도 들어오지 않을 거라고. 마음의 경고를 들으며 이 세상 어느 대본에도 쓰여 있지 않은 대사를 발음하기 시작했다.

"나는 쥐가 무서워요. 하지만 당신이 쥐라면 나는 쥐를 사랑할 수도 있어요. 당신이라는 이유만으로."

갑자기 나타난 쥐처럼 난데없는 애드리브라고 생각했는데 차 피디가 OK 사인을 보냈다. 그런데 달의 표정이 차갑게 굳어 있었다. 달은 내 눈빛을 날카롭게 째려보는가 싶더니 촬영 현장을 떠났다.

새벽 무렵, 차 피디의 휴대전화에 몸 상태가 안 좋아서 다음 촬영을 할 수 없다고 문자 메시지를 보냈다. 하지만 차 피디가 감히 네가 뭔데 촬영을 펑크 내느냐고 화를 낸다면 사과하고 나갈 생각이었다. 차 피디는 "알았다."는 답신만 보내왔다. 아무도 불러 주지 않을까 봐 두려워하던 내가 촬영을 펑크 내다니. 나답지 않은 일이었는데 과연 나다운 일이 무엇인지도 알 수 없었다. 다만 달이 떠난 촬영 현장이 적들에게 둘러싸인 무대처럼 느껴졌다. 신인 작가에게서 호의를 기대했던 적은 없다. 그런데 달은 멋대로 내게 은은한 빛을 주더니 돌변했다. 나는 잘못한 게 없었다. 그런데 달이 나 때문에 그런 행동을 한 것만 같아서 견딜 수 없었다. 내가 바라보는 나의 존재감은 시궁쥐 수준이었던 것이다. 다음 날 저녁이 되도록 차 피디뿐 아니라 스태프 누구도 다음 촬영 스케줄을 알려 오지 않았다. 마지막 촬영을 남겨 놓고 여배우를 교체하기는 쉽지 않겠지만 설령 그런 일이 일어난다 해도 어쩔 수 없는 일이었다.

둥글고 하얀 달을 봤을 때는 과연 어제까지 「달의 마지막 연인」 야간 촬영을 했나 싶었다. 생각해 보면 지난달 조연출이 캐스팅 전화를 걸어 온 것부터가 비현실적인 사건이었다. 어머니가 요양원에서 숨을 거둔 후 나는 변두리 원룸으로 이사 와서 스스로를 브라운관에서 페이드아웃 처리했던 것이다. 2년 남짓 어떤 배역도 맡지 못하고 시간이 정지된 듯한 방에서 아무도 모르게 숨 쉬고 있었다.

어둠이 차오르자, 협탁 위의 나이트 스탠드만 켜 놓은 채 침대에 누워 있었다. 벨이 울려서 인터폰을 받아 보니 나지막한 목소리가 들려왔다.

"「달의 마지막 연인」 작가입니다. 감독님한테 들었어요. 아파서 촬영 못 하시게 됐다고. 지금은 괜찮으신가요?"

촬영장에서 자신의 행동 때문에 내가 얼마나 당황했는지 아는 것 같았다. 그게 아니라면 굳이 나를 찾아와서 주눅 든 목소리로 말을 건넬 이유가 없었다. 나는 자존심 다친 사춘기 소녀처럼 뻣뻣한 침묵을 보냈다. 그러자 달은 "제 말 들으신 거죠? 거기 계신 거 맞죠?"라고 물었다.

"그 말 하려고 여기까지 온 거예요?"

“네, 걱정 많이 했어요. 그리고 촬영 날짜가 다시 잡혔습니다.”

달이 촬영 날짜를 알려 준 후에 나는 마땅히 할 말을 찾지 못했다. 오랫동안 제자리에만 서 있어서 한 걸음 내딛는 방법조차 잊어버린 사람처럼 반응을 못 하고 있었다. 달은 그 침묵을 거부의 의미로 받아들였는지 선물로 화분을 하나 가져왔는데 문 앞에 두고 가겠다고 했다. 주저하는 말투로 앞 공원에 있을 테니 혹시 나와 줄 수 있겠냐고, 몸이 안 좋으면 안 나오셔도 된다고도 말했다. 비로소 돌아가는 달의 발소리가 들렸다. 잠시 후 내가 공원에 간 건 화분을 돌려주기 위해서였다.

“기를 엄두가 안 나네요.”

“어렵지 않아요. 베란다나 창가에 두고 2~3일에 한 번씩 물만 주면 되는데. 잎이 심장 모양을 닮았죠? 사랑초예요. 자주색 옥살리스라고도 하고요.”

“나한테 오면 방치돼서 결국 버려질 거예요.”

“저는 절대로 당신을 버리지 않아요.”

내가 달을 쳐다보는 바람에 우리 두 사람의 눈빛이 허공에서 부딪쳤다. 달이 외로움을 모르는 아이처럼 투명한 미소를 지었을 때 나는 얼른 정면으로 시선을 돌렸다.

“이 녀석 꽃말이에요. 저는 이 말이 지겨울 정도로 좋더라

고요. 왜, 속는 줄 알면서도 그냥 속아 주고 싶은 그런 말 있
잖아요. 그런데 몸이 많이 안 좋으신가 봐요. 하긴 일주일 내
내 촬영했으니."

"나는 로맨틱 코미디에 맞지 않아요."

"다행이네요. 제 작품이 멜로드라마라서."

"미안해요. 작품 의도를 제대로 파악 못 했네요. 수지 역할
에 맞는 배우가 아니라서 그런가 봐요."

"작가가 보기에는 수지 역에 100퍼센트 맞는 배우인걸요.
연기하는 걸 보면서 전 당황했어요. 베티 데이비스의 눈동자
를 가진 배우가 제 마음을 꿰뚫어보고 있는 것 같아서."

베티 데이비스. 「바람과 함께 사라지다」의 스칼렛 오하라
역을 맡을 뻔했던 배우. 하지만 결국 비비안 리에게 배역이 넘
어간 후 30대에는 별 주목을 받지 못했던 베티 데이비스. 나
와 베티 데이비스의 닮은 점이라고는 160센티미터가 조금 넘
는 키와, 배우로서 맞은 30대의 인생 정도라고 생각했다. 베티
데이비스는 40대에 당시 여배우들이 이미지를 생각해서 꺼리
던 역할을 연기했고, 결국 「이브의 모든 것」, 「베이비 제인에
게 무슨 일이 생겼나」 등의 작품으로 이름을 빛낼 수 있었다.
40대. 아직 찾아오지 않은 시간이지만 확신할 수 있었다. 나
는 결코 베티 데이비스 같은 여배우가 될 수 없음을. 어느 유
능한 젊은 영화감독의 데뷔작에 여주인공으로 출연해서 베티

데이비스처럼 불혹을 넘긴 나이에 칸 영화제에서 수상을 한다는 건, 망상 속에서나 가능한 일이겠지. 나는 짧게 나 자신을 비웃었다.

"고마워요. 마음에도 없는 말까지 하며 내 기분 풀어 주려고 노력해 줘서."

"진심이에요. 쥐라도 사랑할 수 있다던 그 말. 제가 쓰고 싶은 대사였어요. 하지만 그러지 못했죠. 그 말을 들었을 때 당황했어요. 감독님이 OK 사인을 한 것도 얼떨떨했고요. 마치 '나'를 쓰는 다른 작가가 있는 것 같았어요. 이 현실이 누군가가 써 내려가는 작품이 아닐까 싶을 정도였죠. 어떻게 그런 대사가 나왔는지 지금도 신기해요."

"NG 열 번 내고 코너에 몰려 있었어요. 한 번만 더 NG를 내면 끝장이라고 생각했죠. 상대 배우마저 나를 비웃는 것처럼 느껴졌어요. 시선을 피했다가 그만 쥐를 본 거예요. 너무 놀라서 나도 모르게 '쥐'라는 말이 튀어나왔어요. 하지만 수습해야 했어요. OK 사인이 난 건 차 피디라서 그런 거예요. 차 피디가 조연출을 마치고 처음 감독한 성장 드라마에서 나는 유령이었어요. 대본에도 없던 역할을 차 피디가 작가와 마찰을 일으키면서까지 만든 거예요. 스물세 살에, 동안도 아닌 나한테 고등학생 역할을 맡겼죠. 혼자 방 세트 촬영만 했어요. 침대에서 일어나 교복을 입고 방으로 등교하는 은둔형 외톨이. 그래도 에피소드가 재미있고, 학생들 캐릭터가 개성 있어서 초반에는 인기가 있었어요. 하지만 차 피디 의견대로 결국 버스 전복 사고로 주인공들이 사망하죠. 여자애 하나만 식물인간이 되고. 웃긴 건 나중에 보니까 난 이미 자살한 인물이었어요. 유령이었던 거죠. 비극으로 끝나는 성장 드라마가 유행했더라면 차 피디는 해피엔딩으로 끝나는 드라마를 했을걸요. 그 사람 남들과 다른 거 좋아해요."

"정말 연인이 쥐로 변해도 사랑할 수 있어요? 단지 그 사람이라는 이유만으로?"

"그런 배역을 맡는다면 연기는 할 수 있겠죠. 하지만 현실의 나란 인간은 말이에요. 2~3일에 한 번씩 물만 주면 되는 식물도 부담스러워서 기르지 못해요. 화분을 여기 놓고 가는 것처럼 감당하지 못하겠죠."

달은 고개를 숙인 채 공원에 조금만 더 앉아 있겠다고 했다. 당신은 내 애드리브를 들은 후 왜 싸늘한 표정을 지었지? 당황하면 그런 표정을 짓는 사람이야? 침대에 누운 후에야 뒤늦게 달에게 묻고 싶었던 말이 생각났다. 하지만 그뿐이었다. 마지막 장면을 촬영하는 카메라 불빛이 꺼지고 나면 종료될 관계니까. 달은 마지막 촬영 현장에 나타나지 않았지만 뒤풀이 술자리에는 참석해 스태프 말에 웃으며 술잔을 비웠다. 나는 대각선에 있는 달을 CCTV처럼 무미건조하게 지켜보다가 밖으로 나왔다. 초여름이 성큼 다가온 봄밤, 공기는 시럽처럼 끈적끈적하고 달콤했다. 10분 가까이 근처를 걸으며 「달의 마지막 연인」은 내 인생에 마지막 초콜릿 조각 같은 작품이라고 생각했다. 다시는 맛볼 수 없기에 씁쓸한 뒷맛까지 안겨 주는 초콜릿. 돌아오면서 보니 신인 작가 달이 가게 입구 옆에서 손을 주머니에 넣은 채 하늘을 보고 있었다. 그런 작품을 맛보게 해 주어 고맙다는 인사 정도는 해야 할 것 같았다.

"나한테는 꿈같은 일이었어요. 이 나이에 주인공이 되다니. 「달의 마지막 연인」. 정말 마지막 연인처럼 의미 있는 작품으로 남을 거예요."

"잘됐네요. 마지막으로 충고 하나 할까요? 다음 작품에서는 그런 애드리브 하지 마세요. 왜 마음에도 없는 말을 막 내뱉어요? 쥐를 싫어하면서. 그런 대사는요, 연인이 쥐라도 사랑할 수 있는 사람만이 하는 거예요. 그래서 저는 그 대사를 못 썼어요. 그런 여자는 이 세상에 없으니까요."

"네, 다시는 그럴 일 없을 거예요."

연기를 할 때 가장 중요한 부분은 바로 눈이라고 생각했다. 눈은 거짓 감정을 보여 주기에 가장 좋으면서도 어려운 신체 기관. 배우는 수많은 눈빛 중에 진짜 자기 눈빛을 함부로 보여 주어서는 안 된다고. 그런데 신인 작가 앞에서 눈물을 보이다니. 배우로서 수명이 끝난 것만 같았다. 무가지 단신 기사로도 나가지 않겠지만, 역시 은퇴를 결정하기 잘했다는 생각이 들었다.

「달의 마지막 연인」은 5월 셋째 주 금요일 밤, 전파를 탔다. 극적인 일이 일어난 것 같은데, 정신을 차리고 보니 결국 익숙한 방에 나 혼자 있었다. 누군가 꿈을 녹화해서 보여 준 것 같기도 했다. 그런데 그날 밤 꿈같은 일이 일어났다. 전화가 걸려 왔다는 자체만으로도 꿈속 한 장면 같았다. 그 방에서 그 시간에 아무도 내게 전화를 걸지 않았다. 전화는 침대에 누워 천장을 보고 있을 때 걸려 왔다. 전화를 받자, 바로 팝송이 들려왔다.

"비틀스예요. 「페이퍼백 라이터(Paperback writer)」. 저는 페이퍼백 라이터가 되고 싶어요. 사람들에게 저를 널리 알리고 싶거든요. 저도 당신들 같은 인간일 뿐이라고 말하고 싶어요. 그래서 일을 하고, 생각을 하고…… 사랑도 한다고. 아, 하지만 그럴 수 없을 거예요. 제 애기를 있는 그대로 쓸 수 없을 테니까. 안녕히 계세요."

남자는 취한 목소리로 자기 말만 전하고는 전화를 끊었다. 내 주변에 '작가'라는 키워드로 알 수 있는 사람은 달뿐이었다. 나는 포털 사이트에서 비틀스의 「페이퍼백 라이터」를 검색해 봤다. 존경하는 선생님, 제 책 좀 읽어 주시겠어요? 쓰는 데 몇 년이 걸렸어요. 한번 읽어 보시겠어요? 저는 일자리가 필요해요. 그래서 페이퍼백 라이터가 되고 싶어요. 그날 밤 남자의 말이 내 흐린 마음속을 물고기처럼 이리저리 헤엄쳐 다니는 것 같았다.

"어젯밤에는 죄송했습니다. 제가 술에 취해 전화를 걸었습니다. 다시는 그런 전화 할 일 없을 거예요."

다음 날 밤, 남자가 두 번째 전화를 걸어 나직한 목소리로 말했다. 누구냐는 질문으로 남자의 정체를 확실히 하는 것보다 다른 대사를 해야 했다. 남자의 마지막 말이 정말 마지막 말처럼 들리는 그 상황에서 액션 사인이 떨어지기 직전의 긴장감이 느껴졌다.

"괜찮아요. 정말 괜찮습니다."

"고맙습니다."

전화 끊기는 소리가, 말줄임표처럼 여운을 남기는 밤이었다.

이틀 후 차갑고 가는 봄비가 주룩주룩 내리는 밤, 나는 우산 없이 방을 향해 걷고 있었다. 연기 학원 강사 면접을 보러 갔다가 바람맞은 날이었다. 원장은 직원을 통해, 바빠서 깜빡 잊었다며 편한 시간에 다시 연락 달라고 했다. 왠지 완곡한 거절처럼 느껴져서 어색한 미소로 직원에게 인사를 하고 황급히 건물을 빠져나왔다. 모르는 사람들의 시선을 피해 아래만 보며 걸었다. 그러다 방이 있는 건물을 등지고 비로소 하늘을 바라보았다. 어둠이 종양처럼 부풀어 오른 하늘에서 빗줄기가 무기력하게 쏟아지고 있었다. 남자는 맞은편 건물 옥상에서 그런 하늘을 올려다보고 있었다. 남자가 난간에 한 발을 막 올린 순간 나는 반사적으로 맞은편 건물로 들어갔다. 멈추지 않고 5층 계단을 올라 옥상 철제문을 열자 빗줄기가 얼굴을 때리며 달려들었다. 남자는 난간에 두 발을 올려놓고 있었다. 곧 검은 허공 속으로 빨려 들어갈 듯 뒷모습이 위태로워 보였다. 어디선가 액션 사인이 떨어지고, 나는 그게 내 역할이었던 것처럼 달려가 남자의 허리를 힘껏 끌어당겼다.

"어떻게 제가 여기 있는 줄 알았어요?"

"우연히 고개를 들었다가 본 거예요. 그쪽인 줄도 몰랐고요. 위험해 보여서 올라온 게 다예요."

"더 놀라운데요. 이 모든 일이 우연히 일어났다는 게."

나는 빗줄기 속에서 옥상에 서 있는 남자가 달인 줄 몰랐다. 누군지 생각할 겨를도 없이 다급하게 움직였는데 직감으로 남자가 달이라는 걸 알았던 게 아닐까. 어느 쪽이든 간에 나 자신이 낯설어서 조금은 멍한 정신으로 계단을 내려가고 있었다.

"저는 우연이 인연의 그림자라고 생각해요. 누구에게나 운명의 상대가 있어요. 대신 약속을 잊으면 평생 못 만나죠. 운명의 상대들은 영혼 상태에서 육체로 들어가기 전 약속을 해요. 그 장소와 나를 기억해 달라고. 다음 생에 우연히 만날 수 있도록. 태아가 되는 순간부터 전생의 기억은 지워지죠. 하지만 운명의 상대를 생각하면 속삭임이 들려오는 거예요. 눈과 귀를 막고 있어도 느껴지는 빛처럼.”

“멜로드라마 쓰시는 분다운 상상력이네요.”

“그럼, 제 현실의 한 장면을 보여 드릴까요.”

달이 그 건물에 있는 401호 현관문을 열었다. 불편하지 않다면 차를 한잔할 수 있느냐고 물었고 나는 얼떨결에 고개를 끄덕였다. 머릿속이 어지러운 가운데 그렇게 달의 공간으로 들어와 버렸다. 달은 마른 수건을 건네주고 찻물을 끓이고, 음악을 틀었다. 자살하려던 사람이 맞나 싶을 정도로 동작마다 생기가 묻어 있었다. 달은 옥상에서 우리가 바닥에 종이처럼 뒹굴다가 서로의 얼굴을 확인한 순간부터 미소를 지었다. 그런 달에게 방금 자살을 하려 했던 거 맞느냐고 묻고 싶지 않았다. 적어도 그 후의 달은 추락하려는 사람이 아니라 발사될 로켓처럼 들떠 있었으니까.

“일생 동안 내가 기억할 곳들이 있어요. 어떤 곳은 변했고 어떤 곳은 영원히 그대로이며, 어떤 곳은 사라졌고 어떤 곳은 남아 있죠. 이 모든 곳에는 연인과 친구의 추억이 담긴 순간이 새겨져 있어요. 가끔 길을 가다 멈춰 서서 생각하겠죠. 그 무엇보다 당신을 가장 사랑했다고. 비틀스의 「인 마이 라이프(In my life)」예요. 2분 30초짜리 짧은 노래예요. 하지만 누군가 생을 마감하기에 충분한 시간이죠. 그런 누군가를 구할 수 있는 시간이기도 하고요. 비틀스 좋아하세요?"

"베티 데이비스만큼 좋아할걸요."

"비틀스 노래에서는 평범한 사람들의 인생이 느껴져요. 저도 비틀스 노래가 좋아요."

"아뇨. 내가 비틀스를 좋아한다는 건 그런 뜻이 아니에요. 나는 베티 데이비스나 비틀스에게 관심이 없어요."

"그럼 홍차는 좋아하세요?"

붙박이장과 화장실, 소형 냉장고, 책상, 침대, 싱크대가 놓여 있는 원룸. 작은 원목 탁자 앞에 방석 두 개가 놓여 있었다. 창가에 놓인 자주색 옥살리스 화분을 본 후에야 달이 맞은편에 산다는 걸 실감했다. 화분을 들고 방 앞으로 찾아온 것을 왜 자연스럽게 여겼을까? 누구에게도 가르쳐 주지 않은 내 방을 어떻게 알고 있었는지 왜 물어보지 않았을까? 당신은 언제부터 나를 주시한 거지? 젖은 옷을 입고 남의 집 현관에 서 있는 내 모습을 내려다보았다. 그만 가 볼게요. 달이 우산을 내밀었지만 나는 도망치듯 건물을 빠져나왔다. 바로 그날 밤부터 달은 전화를 했다. 나는 달이 보내오는 신호에 무반응이라는 리액션으로 대응했다. 문자 메시지들은 제대로 읽지도 않고 확인 버튼을 눌렀다. 나는 병원에 가기를 거부하는 환자처럼 달을 멀리했다. 몸살은 거의 회복되었으나 빈혈기가 아직 남아 있을 때 벨이 울렸다.

"불이 꺼져 있고, 전화도 안 돼서요. 혹시 안에서 무슨 일이 생겼나 해서."

별일 없고 걱정해 줘서 고맙다고 말했음에도 달은 자리를 떠나지 않았다.

"저 혹시 시간이 된다면 잠깐 제 얘기 좀 들어주시겠어요?"

달의 말투에서 수줍은 자신감이 느껴졌다. 첫 오디션에서 자기소개를 하는 배우 지망생 소년 같았다. 나는 잠시 후 공원 벤치에서 보자고 말했다. 땅거미가 내린 초여름 공원에는 누나로 보이는 아이가 어린 남자아이가 탄 그네를 밀어 주고 있었다. 달은 미소를 띠며 그 모습을 구경하다가 내가 옆에 앉자 고개를 숙였다. 그리고 기도하듯 깍지 낀 손을 꾸욱 눌렀다.

"아이로 머물러 있었다면 저는 행복했을까요? 어른이 된 후에야 제가 불완전한 인간이라는 것을 알았으니까요."

아이들이 떠난 후에 달은 낮은 목소리로 말했다. 초조하게 손을 매만지더니 다시 말을 이어 나갔다.

"연애의 감정을 물리적으로 느껴 본 적 있으세요?"

연애라니, 이제 그것은 내게 사어(死語)처럼 들렸다.

"저는 열아홉 살 생일에 느껴 봤어요. 새벽 3시부터 5시까지 개기월식이 나타났어요. 지구의 그림자가 점점 달을 가리면서 달은 이지러지기 시작했어요. 여자 친구와 옥상에 텐트를 설치해 놓고 월식을 봤죠. 새벽 5시, 달이 지구의 그림자에 가려서 어둠 속으로 사라져 가는데, 두려웠어요. 그래서 여자 친구한테 키스했어요. 여자 친구는 긴장한 것 같았는데, 곧 받아 주었죠. 아, 이런 게 연애구나, 실감했어요. 두려운 현상이 벌어지고 있는데도 마음은 설레고 흥분되는 거. 사랑하는 사람과 함께 있기 때문에 아무것도 두렵지 않은 거 말이에요.”

“옥시토신 때문이에요. 분만이나 수유할 때 많이 나오죠. 연애할 때도 나오고요. 공포와 불안을 무디게 해 주는 사랑의 호르몬이죠. 의학 드라마에서 간호사 역할 할 때 외웠던 대사예요.”

“그럼, 비 오는 날 옥상에서 구해 주셨을 때 저한테 그 호르몬이 나왔나 봐요. 저는 사랑을 두려워했어요. 사랑할수록 제가 불완전한 남자라는 게 드러날 테니까. 열아홉 살 10월 14일 오전 11시부터 11시 50분 사이에 달이 해의 일부를 가렸어요. 여자 친구는 개기일식이 일어나는 순간 하나가 되고 싶다고 했어요. 그런데 그날 우리는 관계를 가질 수 없었어요. 저한테 문제가 있었거든요. 저는 평범한 남자들처럼 그녀를 안을 수 없었어요. 그녀는 떠났죠. 돈으로 여자를 사 본 적도 있어요. 사랑하지 않는 여자하고는 여자 대 남자로 관계를 할 수 있었어요. 그녀와는 사랑하니까 할 수 없었던 거예요. 저는 어른의 연애를 할 수 없어요. 아동기 연애는 가능하겠죠. 제 불완전함을 알게 된 후 글이 쓰고 싶어졌어요. 제 작품을 차 피디님이 뽑아 주셨어요. 작품만 보고 저한테 연애가 무서우냐고 물으시더라고요. 차 피디님한테는 이 말만 했어요. 사실 저는 여자를 안을 수 없는 불완전한 남자라고. 하지만 언젠가 세상에서 하나뿐인 연애 이야기를 써 보고 싶다고."

달은 눈치 보는 아이처럼 내 옆모습을 흘낏 보며 말을 이어 나갔다.

"그건 사라지는 남자 이야기가 될 거예요. 자본주의 사회에서 마지막 연인에게 목숨을 무료로 주는 남자. 마지막 연인을 위해 죽으면서 세상에서 잊히는 거죠. 단 한 사람, 마지막 연인만이 남자를 기억해요. 하지만 결국에는 하룻밤도 안 돼서 연인도 그를 부정하죠. 결국 그는 연인의 기억에서도 사라져요. 사실 제가 그러고 싶어요. 연인에게 제 목숨을 무료로 주고, 사라지고 싶어요. 마지막 연인의 인생에 얼룩으로도 남고 싶지 않았어요. 완벽하게 사라지고 싶었어요. 그런데 제 마음이 그게 다가 아닌 거예요. 우연이 운명으로 보일 때 그 기분을 아세요? 처음에는 배우가 바로 앞집에 사는 게 그냥 우연이라고 생각했어요. 기억 못 하시겠지만 우리는 우연히 동네에서 몇 번 마주쳤어요. 다음에 만나면 인사해야지 하다가도 막상 보면 그럴 수 없는 거예요. 대본 연습할 때 제가 사는 동네 물어봤죠? 자연스럽게 제가 앞 건물에 산다는 걸 말해 주고 싶었어요."

그때 굳이 그럴 필요도 없었는데, 나는 사생활이니 알려 주고 싶지 않다고 말했다.

"그러다 그 애드리브를 한 날이요. 쥐를 사랑하는 여자가 되겠다고. 저 자신에게 화가 났던 것 같아요. 헛된 희망을 품으려고 하니까요. 그날 옥상에서 저 뛰어내리려고 했어요. 두려웠거든요. 자꾸 희망이 생기니까. 나도 남들처럼 사랑할 수 있을 거란 희망. 우리 만남이 자꾸 운명적으로 느껴졌어요. 비로소 나를 이해해 주는 여자를 만난 느낌."

"잠깐만요. 그 애드리브는 우연히, 그러니까 별생각 없이 한 거예요. 말했잖아요. 쥐 한 마리가 눈에 보였어요. 그게 다예요."

달의 말을 잘랐다. 감기 기운이 꽃가루처럼 온몸에 퍼져서 나른하고 어지러웠다.

"저에 대해 모두 밝힐 수 없다 보니, 이야기가 뒤죽박죽이죠. 그냥, 제가 하고 싶은 말은 이거예요. 저는 불완전한 사람이지만 한 명의 배우를 위해서는 좋은 작품을 쓸 수 있을 것 같아요. 언젠가 제 마지막 작품에도 출연해 주셨으면 좋겠어요. 그러니 부탁이에요. 제 전화를 받아 주세요."

"솔직히 불편해요. 왜 갑자기 나한테 이러는지 모르겠어요. 나는 배우 생활에도 별로 미련 없어요. 그냥 나를 내버려 두세요. 다시는 연락하지 마세요. 전화 통화는 정신과 의사와 하시고요."

마지막 말은 말도 안 되는 애드리브였다. 환자가 의사를 강하게 거부하듯이 나는 필요 이상으로 달을 밀쳐 냈다. 계단을 오르는 발걸음이 무거웠다. 마음이 습기를 머금은 듯 눅진거렸다. 몸살 기운 때문일 수도 있었다. 가슴속에 숨겨 놓은 불편한 사실을 알아 버려서인지도 모른다. 사실, 드라마 대본을 쓰는 달과 어떤 식으로든 엮이는 것이 불편하고 두렵기까지 했다. 드라마 작가에게서 연상되는 '배우'라는 단어를 인생에서 삭제하기로 결정했으므로. 연기 학원 강사 면접을 바람 맞은 게 차라리 다행이라고 생각했다. 이미 나는 페이드아웃 처리된 배우였다. 아역 배우 시절의 추억도 거추장스러웠다. 인생 리셋의 첫 번째 작업이 바로 개명이었다.

5월의 마지막 밤, 나는 혼자 공원 벤치에 앉아 침묵 연기를 하듯 두 시간 동안 캔 맥주만 마셨다. 듬성듬성 놓인 낡은 놀이 기구 세 개는 누군가 무단 투기한 쓰레기들처럼 초라해 보였다. 인적이 드문 허름한 공원이었지만 무명 배우가 은퇴식을 치르기에는 더없이 좋은 장소였다.

사랑이 막 시작된 것처럼 나는 비로소 살아 있음을 느낀다.

마지막 작품의 마지막 대사를 읊어 보려고 했다. 그런데 자연스럽게 그 대사를 쓴 작가가 떠올랐다. 그러다 달이 진지한 농담처럼 내뱉은 말을, 나지막하게 발음해 보았다.

"연인에게 제 목숨을 무료로 주고, 사라지고 싶어요."

"목숨을 무료로 준다고요? 5월의 낭만 개그 같군요."

"원래 세상 물정 모르면 아무 말이나 막 할 수 있지. 그런 걸 두 글자로 막말이라고 하는데, 방금 우린 막말을 들었소."

유령이 탄 것처럼 그네가 이리저리 흔들리고, 미끄럼틀이 꿈틀꿈틀 움직이는 공원. 놀이 기구들이 폭소하고 있었다. 그때였다. 끼이잉, 끼이잉. 어둠 속에서 검푸른 시소가 몸을 올렸다 내렸다를 반복하다 가까스로 균형을 잡았다.

"저…… 세상과 다른 꿈을 꾼다는 것. 그 자체로도 대단하지 않나요? 물론, 실현 불가능한 꿈일 수도 있지요. 하지만 아무나 그런 꿈을 꾸지 않잖아요. 세상 물정 모른다는 건 아직 새파랗게 젊다는 증거라고요."

신인 작가는 새파란 애송이답게 그다운 생각을 하는 것뿐이다. 나는 방금 전 말에 일정 부분 동의한다는 뜻으로 희미한 미소를 지었다. 달, 나는 배우로서 끝났어. 하지만 당신은 작가로서 시작이지. 연인한테 목숨을 무료로 주고 싶다고? 당신의 마음은 변할 거야. 좋아졌다가 싫어졌다가, 고백했다가 차였다가 지겹게 반복되겠지. 나중에 다른 사람의 목숨을 하찮게 여기지나 마. 평범한 시청자인 나를 울리고 웃기는 작품을 써 봐. 잘살아.

그날의 달도 차마 입 밖으로 나오지 않는 말을 곱씹으며 깍지 낀 손만 매만졌을까. 배우 인생 내내 수상 소감 마이크를 쥐어 보지 못한 손을 굽어보았다. 알루미늄 캔을 쥔 손이 우스워 보였다. 툭. 내가 던진 맥주 캔이 짧은 곡선을 그리며 휴지통 속으로 떨어졌다. 은퇴식이 끝났다는 신호였다.

"달, 당신이 들을 리 없겠지만 이건 내 마지막 독백이 될 거야. 나는 이제 배우가 아니야. 이 순간부터 당신이 모르는 사람으로 바뀌었다고. 아는 척하지 마. 나는 혼자 살아갈 수 있어."

벤치에서 일어나 막 공원을 빠져나가려고 걸음을 내디뎠을 때였다.

"당신은 혼자가 아니에요. 지금 이 순간에도 누군가 당신을 부르고 있어요."

공원의 어둠 속에서 목소리가 들렸다. 주위를 살펴봐도 사람은 없었다. 아까, 맥주를 마시며 놀이 기구들의 대사와 몸짓까지 상상해 본 사람답지 않게 나는 당황했다.

"방금 나한테 말했어?"

그넷줄을 흔들며 나지막하게 물어보았다. 그네 밑신개만

어두운 허공에서 흔들릴 뿐이었다. 이번에는 어둠이 묻은 검푸른 시소를 손끝으로 쓸어내리며 시소에게 귀가 있다면 겨우 들릴 만하게 같은 대사를 속삭였다. 심장이 두근거리는 소리가 들릴 정도로 공원에는 어두운 침묵만이 감돌고 있었다. 나는 아역 배우 시절 NG를 냈을 때처럼 옆머리를 양쪽 귀 뒤로 넘겼다. 머쓱한 표정으로 공원에서 퇴장하려다가 마지막으로 미끄럼틀 끝을 발로 툭 차 보았다. 놀이 기구들은 공범자들처럼 침묵했다.

"그래, 나 혼자 있었지. 나는 혼자야."

"당신이 혼자라고 생각하는 바로 그 순간에도 누군가 당신을 애타게 부르고 있어요. 그럴수록 그의 마음에는 쥐들이 뒤엉켜만 가죠."

또 소리가 들렸다. 성별이 모호한 어린아이 목소리처럼 가늘고 맑았다. 환청인가. 하지만 나는 환청이 실제 소리와 어떻게 다른지 알지 못했다. 누가 장난을 치는 건가. 어둠에 잠긴 공원을 조심스럽게 둘러보았다. 그러다 쓰레기통 뒤에서 고개를 살짝 내민 그것을 발견했다. 그것의 몽타주를 보여 준다면 사람들은 이렇게 말할 것이다.

고양이네.

그 묘한 것을 처음 봤을 때 나 역시 그런 줄 알았다. 노란 줄무늬 길 고양이가 쓰레기통 옆에서 나를 바라보고 있다고. 환청이건 아니건 간에, 돌아가야겠다고 마음먹었다. 시선을 돌리려던 바로 그때였다. 고양이가 눈동자를 날카롭게 빛내며 입을 벌린 것은.

"누군가 당신을 애타게 부르고 있어요."

고양이가 자음과 모음을 발음하는 장면을 보았음에도 나는 믿을 수 없었다. 이 정도 술에 정신이 나간다는 것은 말도 안 되지만 아마도 술에 취해서 헛것을 보고 환청을 듣는 거라고 생각했다. 뒤돌아보지 않고 공원을 빠져나가려고 했다.

"오늘 밤만이라도 그 사람 마음을 헤아려 주세요, 네?"

고양이는 내 머릿속이 혼란스러운 틈을 놓치지 않았다. 내가 이러지도 저러지도 못하고 있을 때 한 소년이 공원 앞을 지나쳐 저만치 걸어가고 있었다. 나는 달려가 소년의 앞을 가로막았다. 사람에게 말을 걸기 위해 달려 본 게 꽤 오랜만인 것 같았다.

"애, 잠깐만 내 말 좀 들어줄래?"

소년은 입술을 꾹 다문 채 날카로운 눈빛으로 나를 쏘아보았다. 낯선 어른이 공원에서 불쑥 앞을 가로막으니 경계하는 것 같았다. 몸집이 크지 않아서 아이처럼 보였지만 눈빛 때문에 중학생 같기도 했다.

"너 말하는 고양이 본 적 있니?"

"그런 거 보면 미친 사람 아니야?"

"지금 말하는 고양이 보러 갈래?"

"내가 왜 그걸 봐야 하는데?"

소년이 내 정신 상태를 간파했다는 듯 실실 웃었다. 미친 사람이 아니라는 것을 증명해 보여야 했다. 주머니를 뒤져 보니 맥주를 사고 남은 잔돈이 들어 있었다. 그 돈을 소년에게 내밀었다.

"자, 선택해. 보러 갈래? 그러면 네 시간을 뺏는 셈치고 이 돈을 줄 거야. 고양이는 바로 저 공원 안에……."

"누나, 빨리 앞장서지 않고 뭐해."

소년은 잽싸게 돈을 가로챘다. 고양이가 말할 때 소년이 아무 소리도 듣지 못한다면, 나는 정신이상이라는 사실을 받아들일 각오가 되어 있었다. 노란 고양이는 어두운 모퉁이에 버려진 인형처럼 그대로 앉아 있었다. 골목길에서 흔히 볼 수 있는 노란 줄무늬 길 고양이. 누구라도 소년처럼 시큰둥한 눈빛을 보였을 것이다.

"이 고양이가 나한테 말을 했어."

"쳇, 난 또 사람 입술이라도 달고 있을 줄 알았지. 하긴 뭐, 믿지도 않았지만. 이제 가도 되지?"

“얘! 잠깐만, 기다려 봐.”

고양이의 입을 열게 하기 위해 내가 먼저 말을 걸어야 했다. “혼자”라고 말하면 고양이가 다시 “당신은 혼자가 아니에요.”라고 외쳐 줄 것 같았다.

“나는 혼자야! 혼자라고.”

풀벌레들이 잠투정하듯이 울기 시작한 어두운 공원에서 고양이는 고양이다운 눈으로 나를 바라보았다.

“저 고양이는 ‘혼자’라는 말에 반응하는 것 같아. 잘 봐. 반드시 말할 테니까. 같이 말 걸어 봐도 돼.”

소년은 늙은이처럼 한숨을 내쉬었다. 하는 수 없이 나 혼자 고양이를 향해 열심히 외쳤다. 말하는 고양이의 입을 열게 하기 위해서 ‘혼자’라는 말을 미끼로 던졌지만 내가 말하면서도 그 내용이 마음을 묘하게 흔들었다. 혼자야, 나는, 그런데 왜? 마음 깊은 곳에서 깨어난 목소리는 귀가 아닌 마음 곳곳에 빠짐없이 전송되었다. 입은 말을 내뱉지 않고, 귀는 세상의 소리를 수신 차단한다. 감각기관이 마음에서 울려 퍼지는 소리에만 집중한다. 나는 고개를 숙이고 있었다. 소년도 그런 자세를 하고 있어서 우리는 마치 고양이 앞에서 꾸중을 듣는 어른과 아이처럼 보였다. 바로 그때였다.

“야아아아아오오옹!”

고양이가 입을 크게 벌리며 말했다.

"정신병원에나 가 보시지!"

소년이 날카로운 눈빛으로 내 얼굴을 할퀴고는 새끼 고양이처럼 공원 밖으로 뛰어갔다. 이 고양이는 말하는 고양이가 아니다. 이렇게 생각하자 눈앞에 밑도 끝도 없는 어둠이 펼쳐져 있는 것 같았다. 말하는 고양이를 보여 줄 만한 또 다른 사람. 휴대전화를 만지작거렸지만 전화할 사람이 없었다. 문득 바로 저 앞에 사는 드라마 작가 달이 떠오르기는 했다. 말하는 고양이가 우연히 눈앞에 나타난 건 운명이에요. 그렇게 말하면서 그는 밤하늘을 날아올 기세로 달려오지 않았을까. 나는 부정하듯이 고개를 힘없이 가로저었다. 절대로 연락하지 말라고 한 건 나인데, 먼저 규칙을 어기려 하다니. 이름을 등록하지 않아 숫자로만 나열된 택배 송장 번호 같은, 달의 번호를 멀거니 보았다. 내가 앓아누워 있던 사흘 동안 부재중 전화는 내 나이만큼 와 있었다. 그 소소한 우연이 우스워졌을 때였다.

'왜 전화번호를 안 지운 줄 알아? 사실은 기대하는 거야. 다시 만나고 싶다고 전화가 오기를. 비겁한 방식으로 타인을 밀어내 놓고는.'

'센스 없는 이별이었어. 무명 배우가 전화 걸어 준 작가를 차 버렸다는 게 말이 돼? 자기 현실을 모르고 있어. 엄한 사람한테 고양이 발톱처럼 자존심을 세우다니. 마지막 말은 가

관이었지.'

긍정할 수 없었지만 부정하기는 더욱 어려운 말들이 마음속에서 어지러운 원을 그리며 무질서하게 날아다녔다. 이 모습은 내가 아니다. 사실 나는 페이드아웃 처리된 후 자연스럽게 찾아온 침묵 같은 생활을 인정하지 않았다. 리얼 드라마처럼 만들어진 현실이라고 느껴질 때도 있었다. 그런데 단막극 주연을 맡은 후 소리 소문 없이 은퇴식을 치르고 나자, 이제 조명이 사라진 무대 위 현실만이 보였다. 눈물이 찔끔 고였다. 나는 일으켜 세워 줄 사람 하나 없는 공원에서 두 손으로 얼굴을 가리고 주저앉았다.

"자, 일어나. 같이 가자."

부드러운 목소리가 따뜻한 바람을 타고 귓속으로 들어왔다. 고개를 들자 바로 눈앞에서 고양이가 손짓하듯 앞발 하나를 살랑살랑 움직이고는 꼬리를 수직으로 세운 채 사뿐사뿐 걸어갔다. 나는 그러니까, 그때 홀린 것처럼 고양이 뒤를 따라가고 말았다. 고양이는 유혹하듯 우아하게 걷더니, 어느 순간 달리기 시작했다. 나도 내 방이 있는 건물을 지나쳐서 달리고 있었다. 고양이가 어두운 도로 한가운데로 뛰어들었다. 설원을 달리는 시베리안 허스키처럼 앞발, 뒷발을 절도 있게 움직이며. 나도 개처럼 달리는 고양이를 따라 차도로 뛰어들었다. 같은 공간에 두 갈래의 시간이 흐르고 있기나 한 듯

차들은 나와 상관없이 질주하고 있었다. 나는 유령과 다를 바 없었다. 얼마쯤 달렸을까, 어두운 안개만 전염병처럼 퍼져 있었다. 노란 줄무늬 고양이 한 마리만이 앞을 보며 달리고 있었다. 나는 그제야 내가 낯선 공간에 서 있다는 걸 알았다. 슬쩍 뒤를 돌아보았다가 비명을 지르면서 바로 앞을 바라봤다. 발자국을 찍었던 길이 오싹할 정도로 순식간에 사라지고 없었다. 나는 벼랑 끝에 아슬아슬하게 서 있었다. 뒷걸음치는 즉시 아득한 어둠 속으로 추락하는 것이다. 그 와중에도 고양이는 전진하고 있었다. 하는 수 없이 나도 달렸다. 내 발길이 닿은 곳이 바로 눈앞에서 사라지다니. 여기서 나는 같은 곳을 두 번 다시 밟을 수 없으며, 되돌아가지도 못한다. 그렇다면 혹시 사라지고 있는 것은 공간이 아니라 시간이 아닐까.

휴대전화 배터리가 갑자기 방전된 곳에서 그 무엇도 확신할 수 없었다. 휴대전화를 다시 주머니에 넣고, 일부러 고양이만 보면서 뛰었다. 발뒤꿈치 바로 아래 아득한 어둠이 매달려 있다고 의식하는 순간 뒷걸음질하다 추락할 것만 같았다. 제발 도와줘. 다리에 힘이 풀릴 때마다 눈을 질끈 감고 마음속으로 절규했다.

어두운 안개가 서서히 걷히고 구름 한 점 없는 회색 하늘이 보였다. 내가 자리에 멈춰 하늘을 잠깐 바라보는 사이에 고양이가 사라졌다. 나는 불안한 눈빛으로 방향 구분 없는 공

간을 훑어보았다. 고양이를 놓치면 돌아갈 수 없다고 생각했
다. 고양이만이 출구를 알 테니까.

"원흉!"

마치 이어폰을 통해 들리는 듯한 음성이었다. 혹시 나도
모르는 새 보이지 않는 이어폰이라도 끼워져 있나 싶어 귀에
손을 갖다 댔더니, 아무것도 없었다.

"나한테 하는 소리야?"

"원흉, 여기는 소통할 수 없는 세계. 소통은 일방. 나는 보
이지 않는다. 하지만 있다. 여기."

고양이의 음성은 띄엄띄엄, 마치 초벌 번역한 언어처럼 들
렸다. 고양이의 음성을 듣고, 회색 하늘 같은 것을 보고 있으
려니 겨우 숨을 돌릴 수 있었다. 심호흡을 할 때 바로 그것이
나타나 발등 위를 지나갔다. 사람들이 그것의 몽타주를 본다
면 이렇게 말할 것이다.

쥐네.

사실 그것은 쥐처럼 생긴 다른 무엇이었다. 하지만 그것을
쥐처럼 생긴 다른 무엇이라고 생각할 수는 없었다. 누구도 자

기 침대에서 잠든 애인을 보고, 애인처럼 생긴 다른 사람이 자고 있다고 생각하지 않는 것처럼. 나는 그 기묘한 곳에서 두 번째로 비명을 질렀다. 그러자 여기저기에서 쥐들이 더 역동적으로 꿈틀꿈틀 움직이기 시작했다. 저 멀리 회색 땅인 줄로만 알았던 곳에 사실은 어마어마한 쥐들이 붙어 있었던 것이다. 쥐들은 갑자기 나타난 게 아니었다. 내가 쥐들의 앞에 등장했을 뿐. 다행히도 쥐들은 내 존재를 느끼지 못한 듯 아무렇지 않게 내 운동화 위를 지나다녔다. 순식간에 무수한 쥐들의 먹잇감이 될 수도 있는 상황에서, 비명을 지를 수는 없었다. 나는 가쁘게 숨을 몰아쉬며 겨우 그 자리에 서 있었다. 속이 메스꺼웠지만 치밀어 오르는 구토를 가까스로 참았다. 가득한 쥐들에 둘러싸여 나는 찍소리도 낼 수 없었다. 기절하는 순간 산 채로 쥐들에게 살점이 뜯길 수도 있다고 생각하니, 등골이 오싹했다.

"원흉, 저것들, 컨트롤, 나온다, 출구, 해야."

고양이의 음성이 도착했다. 손과 발이 떨리고, 머릿속이 혼란스러운 가운데 고양이의 초벌 번역 문장 같은 메시지를 바로잡아야 했다. 고양이는 같은 메시지를 다시 들려주지 않는 듯했다.

원흉, 저것들 컨트롤해야 출구 나온다.

단어 배열을 바로잡고 가만 생각해 보았다. 쥐를 잡는 것은 고양이의 임무. 그런데 이 고양이는 나보고 대신 쥐들을 잡으라고 한다. 나를 홀려서 데려와 놓고 쥐를 컨트롤하라니. 이렇게 여기저기 널려 있는 쥐들을. 말은 쉽지. 말처럼 쉬운 게 어디 있어. 잠깐, 말? 말이라는 단어에서 문득 아이디어가 떠올랐다. 만일 고양이가 말을 하는 세계라면 쥐도 말을 할 수 있을 것이다. 평범한 인간이라면 누구나 그렇겠지만 나 역시 한 번도 쥐에게 말을 걸어 본 적이 없었다. 나는 심호흡을 한 후 무릎을 굽혀서 눈앞에 있는 쥐 한 마리를 내려다보았다.

“저기…….”

목소리가 떨려서 긴 말을 할 수 없었다. 대답 대신 이빨로 내 몸을 물어뜯을까 봐 두려웠다. 쥐는 나를 보지 않은 채 다른 쥐들 사이에 섞여 버렸다. 한숨을 쉬고 다시 주위를 둘러보니 무수한 쥐들은 움직이기 위해 움직이고 있는 것처럼 보였다. 어떤 무리가 어딘가로 쉴 새 없이 움직이면 나머지 무리들도 덩달아 움직였다.

“해야만, 빨리, 있다, 컨트롤, 나갈 수.”

고양이는 나를 쥐 소굴로 데려와 놓고는 음성으로 지시만 내리고 있었다. 빨리 컨트롤해야만 나갈 수 있다. 도대체 이렇게 모호하고 기괴한 임무를 어떻게 완수하란 말인지. 쥐들에게 좌측통행이라도 가르치라는 건지. 오로지 움직이고, 뒹굴고, 그리고 뒤엉켜 교미까지 하는 쥐들을!

가만 보니 쥐들은 교미하기 위하여 정신없이 움직이고 있었다. 수컷으로 보이는 쥐들이 암컷 쥐들을 쉴 새 없이 쫓아다녔다. 교미가 끝나자마자 머리로 바로 옆에 있는 쥐의 뒷다리를 들어 올리며 교미하는 쥐들도 많았다. 무기력하게 서서 쥐 소굴을 관찰하던 중 나는 자연스럽게 그 쥐를 발견했다. 흰쥐 한 마리가 자리에 꼼짝없이 움츠리고 있었다. 5시 방향으로 네 발짝 정도 움직여야 그 쥐를 만날 수 있었다. 다시 호흡을 가다듬고 쥐들을 밟지 않도록 조심조심 걸음을 내디뎠다. 흰쥐는 머리를 숙인 채 웅크리고 있어서 다른 쥐들보다 작아 보였다. 인간들이 실험할 목적으로 사육하는 흰쥐, 스키드마우스. 메디컬 드라마에서 간호사 역할을 맡았을 때 면역체계가 없는 흰쥐를 그렇게 불렀던 게 기억났다.

"저기."

아까보다 조금 더 큰 목소리로 말했다. 흰쥐가 머리를 들어 동그란 눈으로 나를 쳐다보았을 때 심장이 두근거렸다. 나는 마음을 가다듬고 무릎에 손을 얹은 다음 흰쥐와 눈을 맞추었다.

"해치지 마. 여기서 나는 힘없는 사람이야. 목소리를 크게 내지도 못해."

쥐 한 마리가 방향감각을 잃었는지 내 발등 위로 올라왔다. 두 눈을 감고 비명을 참는 순간 눈물이 찔끔 나왔다. 눈을 뜨자 흰쥐가 안쓰러워하는 눈빛으로 나를 올려다보고 있었다.

"왜 혼자 있어? 우리는 처지가 비슷한 모양이구나. 나는 여기서 나가고 싶어."

흰쥐는 찍찍거리더니 머리를 숙였는데, 동의한다는 동작과 비슷했다. 고양이의 음성이 말하기로는, 여기서는 의사소통이 일방적이라고 했는데 흰쥐는 내 말을 알아듣는 것 같았다. 어느 면에서는 일방적이긴 했다. 나는 흰쥐가 왜 쥐답지 않게 상처 받은 눈빛을 하고 있는지 알 수 없었으니까.

"어떻게 하면 저 쥐들을 통제할 수 있을까? 나는 저들이랑 대화를 할 수 없어. 하지만 너는 동족이니까 소통이 가능하겠지?"

흰쥐는 고개를 끄덕이며 찍찍거렸다.

"가서 말해 줄래? 저 행동을 좀 멈추라고. 여기는 너무 혼란스러워. 다들 진정했으면 좋겠어."

흰쥐는 묵념하듯 머리를 푹 숙였다. 정말요? 나 같은 게 그런 일을 할 수 있을까요? 저들이 내 말을 들을까요? 흰쥐가 천천히 머리를 들어 올려 찍찍거리자 묘하게도 쥐의 심정이 전해지는 것 같았다.

"할 수 있어. 너는 혼자가 아니야. 내가 지켜보고 있으니까."

비로소 흰쥐는 결심을 마친 듯 네발을 조심스럽게 앞으

로 움직였다. 거기까지 보고 나는 두 눈을 감은 채 오른손으로 가슴을 쓸어내렸다. 눈을 떴을 때 흰쥐는 교미하는 쥐들을 지나쳐서 막 교미가 끝난 쥐, 상대를 찾기 위해 분주하게 움직이는 쥐에게 무언가 말을 하고 있었다. 흰쥐는 교미 중인 쥐, 뒤엉켜 있는 쥐들을 피해 다니며 혼자 있는 쥐에게 말을 걸었다. 곧 그 모습마저 쥐 떼에 파묻히면서 흰쥐의 행보를 더 이상 관찰할 수 없었다. 그렇게 쥐 소굴에서 한시름을 놓은 후에야 바닥의 미세한 움직임을 느낄 수 있었다. 손끝으로 짚어 보니 차가운 바닥이 티 나지 않게 아주 조금씩 숨결처럼 오르락내리락하고 있었다. 손끝에 바닥이 호흡하는 듯한 느낌이 전해졌다. 처음 내가 숨 쉬었던 방, 자궁 내벽도 이렇게 따뜻하고 부드러웠을 것 같았다. 그러자 내가 떠나온 최초의 공간이 문득 그리워지면서 나도 모르게 눈물이 찔끔 고였다.

저쪽에서 흰쥐가 신호를 보내듯 찍찍 소리를 냈다. 나는 자리에서 일어났다. 여전히 많은 쥐들이 무질서하게 움직이고 있었지만 흰쥐가 설득한 쥐들이 다른 쥐들을 설득하고, 그 쥐들이 또 다른 쥐들을 설득하면서 한쪽에서 질서가 잡혀 가는 모습이 보였다. 열 발짝 안 되는 거리에서 두 발로 선 흰쥐는 아까와 다르게 자신감이 넘쳐 보였다. 하지만 나는 다른 쥐들한테 내 존재가 발각되는 게 두려워서 침묵할 수밖에 없었다.

그리고 그사이에 일이 벌어지고 말았다. 사방에서 무수한 쥐들이 으르렁대며 흰쥐에게 달려들었다. 흰쥐의 비명이 허공을 가르며 내 귀에 꽂혔다. 하지만 성난 쥐 무리 앞에서 나는 무력했다. 할 수 있는 일이라고는 눈을 감고 그 장면을 외면하는 것뿐. 흰쥐의 비명이 들리지 않게 된 후에야 나는 눈을 떴다. 흰쥐는 보이지 않았다. 하지만 내 머릿속에는 무리가 흰쥐를 갈가리 찢어발기던 그 핏빛 광경이 강렬하게 남아 있었다.

쥐들이 자기들과 다르게 생긴 나를 발견하는 건 그 기묘한 공간에서 가장 쉬운 일처럼 보였다. 나는 도로 눈을 감았다. 꿈이라면 이쯤에서 깨어나고 싶었다. 왜 하필 나만 이런 꿈을 꾸는 거지. 결국 쥐 소굴에서 눈물을 보이고야 말았다.

"울지 마. 덕분에 질서가 잡혀서 대화할 수 있게 됐어. 곧 돌아가게 될 거야. 눈을 떠."

고양이의 메시지가 도착했다. 주위를 둘러보았지만 여전히 고양이는 보이지 않았다. 대신 새로운 장면이 펼쳐져 있었다. 무수한 쥐들이 코스모스 도형 대열을 이루기 시작하면서 쥐들의 움직임이 질서 정연해 보였다. 회색처럼 보이던 하늘도 점점 맑아지고 있었다.

"내가 한 게 아니야. 흰쥐를 희생양으로 삼았어."

"걱정 마. 자아는 죽지 않았어. 모습이 바뀌었을 뿐이야. 자아가 질서를 바로잡게 만드는 것이 원흉의 임무였어."

"자아라니."

"그것은 흰쥐가 아니야. 흰쥐처럼 보이지만 실은 눈에 보이지 않는 마음의 일부야. 쥐들처럼 보이는 저것들 역시 마음의 입자들이지. 본능적으로 움직이려고 하는 쥐들을 조절하는 것은 바로 흰쥐처럼 보이는 자아의 임무야. 하지만 본 대로 흰쥐는 저 쥐들을 관리하지 못하고 있었어."

"자아가 자신이 누구인지를 모른다는 건."

"여기는 자아 정체성이 부족한 나약한 인간의 마음이지."

"왜 하필 나를 데려온 거지?"

"쥐처럼 보이는 저것들을 통솔하지 못하면 내 주인은 죽은 거나 마찬가지였어. 살아도 사는 게 아니지. 마음속에 그 무엇도 받아들이지 못하게 되니까. 주인의 마음이 외부와 단절된 세계에 갇히는 것을 막아야 했어. 원흉은 이 세상에서 오늘 밤, 기적처럼 자아를 움직일 수 있는 사람이었어."

"왜 처음부터 저 흰쥐에게 말을 걸라고 알려 주지 않은 거지?"

"원흉이 스스로 타인의 자아를 발견하기를 기다린 거야. 그래야만 진심으로 자아를 설득할 수 있을 테니까. 그 정도는 원흉이 알아서 할 수 있을 거라고 판단했어. 원흉은 두뇌 활동이 활발한 인간이잖아. 이제 출구가 보인다. 뒤를 돌아봐."

돌아본 곳에는 어두운 벼랑이 없었다. 나는 할 말을 잃은 채 눈앞의 광경을 바라보기만 했다. 숨 쉬듯 살아 움직이는 공간. 신비하고 낯선 풍경을 어떤 말로도 표현할 수 없었다. 언어로 묘사할 수도, 말할 수도 없는 기묘한 장면이 내 눈앞에 펼쳐져 있었다.

"질서가 잡히면서 서서히 마음이 호흡하기 시작했어. 저기에 몸을 던지면 돼. 마음의 결이 편안하게 출구로 안내해 줄 거야. 하지만 경고할 게 있어. 절대 뒤를 돌아봐서는 안 돼."

마음이 호흡하는 장면. 이제야 숨통이 조금 트인다, 라고 표현할 때 바로 그 마음의 움직임을 나는 목격했다. 오로라 같은 마음의 결이 숨 쉬는 광경. 차마 그 속으로 뛰어들 수 없었다. 바람만 스쳐도 상처가 날 만큼 여리고 섬세한 타인의 마음이 다치기라도 할까 봐서. 인간의 마음이 이토록 연약하고 신비한 결로 이루어져 있다니.

"이 모든 것을 꿈처럼 기억할 거야. 고마워. 나약한 한 인간의 마음을 응급처치해 줘서. 자, 뛰어들어가! 이건 경고야. 뒤 돌아보지 마. 절대로."

두 눈을 지그시 감았다. 오로라가 펼쳐진 듯한 신비한 허공으로 몸을 던졌다. 물결을 따라서 흘러가는 느낌이었다. 타인의 마음결을 따라 나는 어디로 흘러가지? 혼자 있지만 외롭지 않고 그저 편안하다. 이동식 자궁 안에서 보호받고 있는 느낌이다. 아아, 이건 막 생겨난 심장이 처음으로 뛰는 소리인가? 지금 다시 태어나기 위한 과정을 밟는 건가? 그러면 저 뒤에서 들려오는 이 소리는 내가 막 태어났다는 신호인가? 아니, 아기 울음이 아니야. 누군가 저 뒤에서 울고 있어. 동족이 나에게 감정의 신호를 보낸다. 도와줘. 몸을 돌려 뒤를 돌아보았다. 어둠만이 가득할 뿐. 다시 앞을 보았다. 저 멀리 질 입구처럼 생명력이 느껴지는 좁고 주름진 구멍이 보였다. 구멍은 호흡하듯이 넓어졌다가 좁아지고 있었다. 그러나 나는 거부당한 듯 앞으로 움직일 수 없었다. 가위에 눌린 것처럼 숨이 막혔다. 하는 수 없이 뒤돌아서 다시 어둠의 결에 몸을 맡겼다. 졸음이 밀려오는 것처럼 의식은 점점 희미해졌다. 어둠이 나를 어디로 데려가는지 알 수 없었다.

선 채로 잠깐 꿈을 꾼 것일까? 눈을 감았다가 뜨는 사이에 생생한 꿈을 꾼 듯했다. 그 무엇이 나를 저쪽 세계에서 이쪽 세계로 이동시켜 놓은 것 같았다. 쥐들이 우글거리는 세계에 갇혀 있었지. 나를 홀려서 거기로 데려간 게 바로 저 고양이였어. 그렇다면 술기운에 순간적으로 정신을 잃고는, 말하는 고양이를 본 것일까? 어디서부터가 공상의 시작이었는지 알 수 없었다. 쓰레기통 옆에는 낯익은 노란 고양이가 눈동자를 빛내며 나를 빤히 보고 있었다.

"너는 고양이가 아니야."

내가 한 말임에도 내 목소리가 아니었다. 성대 부근을 어루만지는 손끝이 떨렸다. 땅에 발을 붙이고 있는 낯선 두 다리는 유년기 아이의 것처럼 가늘고 짧았다. 서른세 살의 여배우가 사라진 바로 그 순간, 아이로 변한 내가 세상에 재등장한 것이다. 나는 분홍색 티셔츠와 파란 반바지를 입고 공원에 서 있었다. 감각과 이성이 거의 동시에 마비된 듯 멍하니 말이다. 겨우 두 손을 바지 주머니에 넣어 봤는데 지갑, 열쇠, 휴대전화가 없었다.

"너는 뭐야? 왜 내가 이렇게 변한 거지?"

"경고를 어겼으니까. 하지만 이런 부작용이 나타날 줄은 몰랐어. 우리는 서로 대화를 하고 있지만 나는 인간처럼 '나'라고 말할 수 있는 존재가 아니야. 하지만 이 순간부터는 주인의 인격을 대표해서 '나'라는 호칭을 쓰도록 하지. '나'는 인간의 마음을 관리하고 있어. 모양은 비록 고양이처럼 보이지만 현실 세계 고양이와는 차원이 다른 존재야. 마음을 관리할 때는 내 모습이 보이지 않아. 하지만 현실 세계로 빠져나오면 내 형상이 보이지."

"내 모습이 어디로 사라졌느냐고!"

"지금 그 모습도 원흉은 원흉이야. 아무튼 나는 당장 가 봐야 해. 주인의 마음이 혼란스러워질지 알 수 없으니까. 우리는 곧 다시 만나게 될 거야."

가지 말라고 외쳐 봤댔자 나의 목소리는 고양이의 발목을 낚아챌 수 없었다. 고양이는 공원 밖으로 총총 걸어 나갔다. 나는 벤치에 기대어 노인처럼 눈을 감았다. 이건 현실이 아니야. 술에 취해서 벤치에서 잠이 든 게 분명해. 내일이면 다시 어른으로 돌아와 있겠지. 눈물이 볼을 타고 흘러내리기는 했지만, 축축함은 분명 다른 곳에서 느껴졌다.

오줌을 지린 것처럼 속옷이 젖어 있었다.

자다가 깨어나 주위를 두리번거렸는데, 방에 아무도 없었지. 혼자 있는 게 무서워 거리로 뛰쳐나와 울면서 사람들을 헤치고 다녔어. 그날 밤, 오줌까지 지리며 한밤중 동네를 돌아다녀도 엄마를 찾을 수 없었어. 어느 순간 나는 도로 앞에 웅크려 앉아 자동차의 헤드라이트를 뚫어져라 바라보고 있었어. 내 마음을 안심시켜 준 것은 바로 움직이는 헤드라이트였어. 그러다 졸음이 다시 밀려오던 어느 순간 헤드라이트의 유혹을 받았지.

이리 와. 네가 차에 치여 죽으면 엄마가 너를 위해 울어 줄 거야.

그건 좋은 일이지만 죽는 건 무서워.

하하하, 두려움을 느끼는 건 살아 있는 너야. 죽는 순간 두려워하는 너는 세상에서 사라지는걸.

그때 나는 불빛에 홀린 듯 자리에서 일어나 차도로 뛰어들었다. 운전자가 나를 발견하고는 바로 멈췄으나 나는 차에 부딪힌 충격으로 정신을 잃었다. 바로 그때 오른쪽 다리뼈가 부러지는 사고를 당했다. 벤치에서 일어나 제자리 뛰기를 해 보았다. 그렇다면 재등장한 것은 차도에 뛰어들기 직전 일곱 살의 나였다.

타인의 마음속에서 몇 시간 넘게 방황했던 것 같은데, 여전히 밤이었다. 나는 겪은 일을 바로 현실로 받아들일 수 없었다. 아이의 모습으로 오줌 싼 바지를 입고 노인처럼 벤치에 기대어 있는 나라니. 시간에 따라 성장해 온 육체는 사라졌지만 기억은 남아 있었다. 터덜터덜 공원을 나와서 건물 3층 내 방 창문을 바라보았다. 주인의 부재를 말해 주듯 불이 꺼져 있었다. 아이의 몸으로 힘없이 4층 주인집으로 가는 계단을 오르면서도 믿기 어려운 다른 일이 또 벌어졌으리라고는 짐작조차 못 했다.

거기는 빈방인데. 내가 303호에 사는 사람이 이모라는 말을 꺼낸 순간 주인 여자는 미간을 찌푸리며 말했다. 상황이 비상 열쇠를 달라고 말할 수 없는 쪽으로 흘러갔다. 그럼 거기 살던 여자는 어디로 갔나요? 주인 여자는 부스스한 파마머리를 긁적이며 그때 유학을 간다고 그랬나, 혼잣말처럼 말했다.

내 방 벨을 눌러 보았다. 혹시 저 안에서 서른세 살의 내가 말하지 않을까. 어떤 기척도 느껴지지 않았다. 현관문 손잡이를 돌려 보았지만, 열리지 않았다.

그 문 앞에 멍하니 서 있는데, 문득 그런 생각이 들었다. 이 모습이었을 때 차도에 뛰어들지 않았더라면 내 인생에 이런 장면은 없었을 거라고. 배우가 되지 않았을 테니, 공원에서 자진 은퇴식을 가질 일도 없었을 것이다. 내가 뛰어든 차의 주인은 방송국 드라마 CP였다. 그는 한 번 문병을 와서는, 엄마가 자리를 비웠다고 하자 바로 가려고 했다. 예쁘네, 아역 배우 해도 되겠어. 얼른 나아. 그가 별생각 없이 미소를 띠며 한 말이 내 마음속 깊이 박혀 버렸다. 아역 배우가 되면 혼자 집을 안 지켜도 되느냐고 물었다. 그는 학교 갈 시간이 없을 정도로 바쁘다고 대답해 주었다. 그가 나간 직후 나는 간절하게 아역 배우가 되고 싶어졌다. 목발을 짚고 절뚝거리며 병실 밖으로 나왔다. 그는 병원 복도를 뚜벅뚜벅 걸어가고 있었다. 그 뒷모습에 대고 말을 던졌다. 아저씨! 내가 절뚝거리며 다가가 아역 배우가 되고 싶다고 하자, 그는 지갑 속에서 명함 한 장을 꺼내 주었다. 퇴원한 후 전화를 걸어 봤는데, 아역 배우 오디션을 담당하는 방송국 직원이 받았다. 그해 나답지 않은, 혹은 가장 나다웠던 순간이 바로 혼자 오디션을 보러 방송국에 찾아갔던 일이었다. 심사 위원들 중 몇 명이 내가 보호자 없이 왔다는 사실을 재미있어했다. 그들은 3초도 안 돼서 눈물을 쏟아 내는 여자아이를 동물원의 희귀 동물 보듯 조금 신기하게 구경했다. 그런 아이가 어른이 되어서는 이 방에서 숨죽여 살았다니. 씁쓸한 웃음이 내 발등 위로 툭 떨어졌다.

그날 밤 밖으로 나오자마자 바로 보인 것이 맞은편 원룸 건물이었다. 401호 창문은 어두웠지만 어차피 갈 곳도 없었으므로 나는 남의 방으로 가는 계단을 힘없이 올랐다. 과연 나를 알아볼까? 그렇다고 한들, 무슨 말부터 어떻게 꺼내야 할지 그것 또한 막막했다. 아무튼 그때 달의 방문을 두드린 것은 내 상황에서는 최선의 선택이었다. 문밖에서 사라져 버린 육체를 추모하듯이 고개를 숙이고 있을 때였다.

"누구시죠?"

달의 목소리가 문틈으로 빠져나와 내 목덜미를 감싸 주자 심장이 두근거렸다. 달은 술을 마신 후 잠에서 깬 듯한 표정으로 나를 내려다보았다. 다음 대사가 생각나지 않아 그와 눈을 마주칠 수 없었다. 달이 무릎을 굽히고 앉아서 너무 부드러워 힘없는 목소리로 물었다. 너는 누구니.

"너의 이름은 달. 드라마 작가야."

나를 증명할 수 없다면 대신 너를 증명해 보이는 수밖에. 너는 괴짜 과학자처럼 남다르지만 이해받지 못할 상상력을 품고 있어. 사실 옥상에서 내려온 밤, 말은 안 했지만 나도 공상을 좋아했지. 혼자 집을 보고 있으면 너무 심심한 나머지 자연스레 머릿속에서 친구를 찾았어. 이 장소와 나를 기억해 줘. 이게 인연을 만드는 주문이라며 운명의 상대는 비록 모습이 바뀌어도 서로를 알아본다고 네가 말했지. 운명의 상대가 아니기 때문에 너는 나를 몰라보는 걸까? 달은 자신의 이름까지 알고 있는 수상한 여자아이를 어떻게 대해야 할지 몰라 난처해하는 것 같았다. 내 이름을 밝히고, 우리가 겪었던 일들도 모조리 얘기하면 다음 이야기는 어떻게 진행이 되려나. 달이 내 말을 믿어 주기 위해서는 시간이 필요할 것이라는 결론을 내렸다. 무엇보다 내가 타인의 마음에서 방황하다가 질서를 바로잡아 놓은 후 균형이 깨져 아이의 몸으로 세상에 재등장했다는 사실을 증명해 보이기가 어려웠다. 증거물은 바로 나. 하지만 나만이 알고 있는 증거물. 달을 이해시킬 수 없다고 생각했다. 그날 밤 내 머릿속에서는 감당할 수 없는 생각들이 뒤엉켰다. 결국 나는 어깨를 들썩이며 울고 말았다.

내가 울음을 그치려고 노력하는 순간에, 달의 긴 팔이 봄바람처럼 부드럽게 내 어깨를 안으로 끌어당겼다. 그렇게 해서 두 번째로 그 방에 들어왔는데, 달의 표면에 발자국을 남긴 암스트롱만큼이나 극적인 체험을 한 기분이었다. 달은 수건에 따뜻한 물을 적셔 와서 내 눈가를 닦아 주었다.

세상의 모든 일 가운데 가장 슬픈 것은 개인에 관계없이 세상이 움직인다는 것이다. 만일 누군가 연인과 헤어진다면 세상은 그를 위해 멈춰야 한다. 트루먼 카포티. 내가 아이가 되어 재등장했지만, 그런 건 아무래도 상관없다는 듯이 하루는 저물어 가고 있었다. 메모판 포스트잇에 적힌 글을 보고 있을 때였다. 배에서 꼬르륵 소리가 나서 나는 당황했다. 과거에 이 모습으로 울며 거리를 돌아다녔을 때도 같은 소리가 났던 것 같다.

"우리 같이 뭐 먹을까? 안 그래도 나 혼자 먹는 건 심심하거든."

내 어깨 너머에서 달의 목소리가 건너왔다. 우리, 라니. 돌아보니 그가 두 손을 무릎에 대고 따뜻하면서도 피곤해 보이는 눈빛으로 나를 보고 있었다. 그날 달은 술이 덜 깬 사람처럼 행동이 굼뜨고 말도 느렸다. 그날 밤, 나는 작은 두 손에 양념을 묻혀 가며 치킨을 먹었다. 위가 닭고기로 꽉 찬 후에야 오줌 지린 속옷이 찜찜하게 느껴졌다. 화장실로 들어와 세면대 물을 세게 틀어 놓고 살점들을 변기에 토해 냈다. 밸브를 내린 후 바지를 물에 적셨다. 팬티를 손빨래하는 도중 눈물이 찔끔 나왔다. 팬티를 드라이기로 바싹 말려서 도로 입을 때는 소리 없이 울고 있었다. 나 같지 않은 모습으로 변한 상태에서 식욕을 채우는 나라는 인간이 우스워서 눈물이 나왔다.

"저기, 바지가 젖었어. 샤워기를 잘못 갖다 대서. 티셔츠 빌려 줄 수 있어?"

곧 아무렇지 않은 목소리를 내며 문밖으로 손만 내밀었다. 티셔츠를 입고 나와서는 울었던 흔적을 보이지 않으려고 달의 시선을 피했다. 그다음에 달이 나를 내쫓거나 경찰서에 데리고 가도 어쩔 수 없다고 생각했다. 하지만 나는 과거에서 쉼 없이 걸어온 것처럼 피로했고 방 밖으로 나간다는 건 생각만으로도 두려웠다.

"나 오늘 밤 여기 말고는 갈 곳이 없어."

"그럼 여기 있으면 되지."

달은 내게 침대에서 자라고 했다. 이 모든 게 꿈이라면 내일 저 앞 건물 303호에서 깨어나겠지, 생각하며 침대 속으로 기어 들어갔다. 그러다 잠에서 깨어 타인의 침대에 아이 모습으로 누워 있는 나를 발견했다. 어둠 속에서 초식동물처럼 두 눈을 깜빡이고 있는데, 또 눈물이 무기력하게 흘러내렸다. 쥐 소굴 입구에 병균처럼 퍼져 있던 검은 안개가 떠오르기도 했다. 악몽이라도 꾼 것처럼 손바닥과 이마에 땀이 흥건하게 고여 있었다. 결국 나는 나지막하게 흐느끼고 말았다. 어느 순간 달무리처럼 은은한 수면등 불빛이 침대 위로 올라왔다.

달이 여기가 바로 기댈 데라는 듯 등을 보여 주며 업히라고 속삭였다. 달의 등에 내 작은 몸을 올려놓았다. 서로 몸이 닿은 순간부터 불안은 조금씩 누그러지기 시작했다. 달은 나를 업고 사뿐사뿐 움직이며 허밍을 했다. 낮고 부드러운 목소리가 담요처럼 등을 포근하게 감싸 주었다. 두려워하던 그때 달이 자장가처럼 불러 주던 노래는 비틀스의 「헤이 주드(Hey Jude)」였다. 존 레넌이 신시아와 이혼할 때 폴 매카트니가 존의 아들 줄리안을 위해 만든 노래. 존 레넌은 운명의 상대 오노 요코를 만난 후 마크 채프먼이 쏜 총에 맞아 운명했다. 당시 나는 나중에 우리가 존 레넌의 연인 이야기를 할 줄 모르고 있었다. 나는 불안한 마음으로 떨면서 내일의 일도 예상하지 못하는, 그저 작은 인간이었다.

"오늘 내 옆에서 자면 안 돼? 내가 사라질까 봐 무서워."

서른세 살의 나라면 절대 하지 않았을 말이 철없이 툭 튀어나왔다. 기다렸다는 듯 그의 등에 기대고, 혼자 침대에서 잠드는 걸 두려워하는 건 아무래도 내가 아닌 것 같았다. 막상 달이 나를 침대에 내려놓고 옆에 눕자 나는 등을 돌리고 벽만 바라보았다. 바로 눈앞에, 아이가 기교 없이 자기 눈에 보이는 대로 그린 듯한 그림 한 장이 붙어 있었다. 파마머리를 한 그림 속 아이는 등에 날개를 달고 있었는데, 나를 보고도 못 본 척 옆을 응시하고 있었다.

"저 벽에 붙은 그림 제목은 「새로운 천사」란다. 잠깐 나를 봐줄 수 있어?"

나는 목소리에 이끌린 듯 그를 향해 돌아누웠다.

“혹시 천사니? 어떻게 나를 잘 알고 있지?”

“잘 알긴. 어쩌다 이름과 하는 일만 알게 된 건데. 이 근처 공원에서 고양이에게 유괴당했다가 이 몸으로 빠져나왔을 뿐이야.”

나는 천국에서부터 쉼 없이 걸어온 천사처럼 피곤에 지쳐 잠이 들었다. 다음 날 아침 세면대 거울을 보며 어깨까지 닿는 머리카락을 매만져 보았다. 손가락 사이사이에서 머리카락 감촉이 느껴졌다. 거울 속 아이가 미간을 찡그리며 울 준비를 하고 있었다. 달은 오전에 부스스 일어나서 나한테 말을 걸고, 식사를 준비하며 자연스럽게 일상을 시작했다. 몸이 안 좋기도 하고 사정이 좀 생겨서요. 오늘은 쉴게요. 화장실 문틈에 귀를 가까이 대고 달의 전화 통화를 엿들었다. 혹시라도 나를 두고 어디로 가지는 않을까 불안했던 것이다. 식사를 한 후 달은 금방 돌아온다고 말하고는 외출했다. 멀어져 가는 발소리를 가만 듣고 있는데, 밑바닥에서 불안이 다시 고개를 쑥 들이밀었다. 혼자 있다가는 또 무슨 일을 당할지 알 수 없었다. 달이 돌아와서 당장 나가라고 소리치는 건 아닐까. 적이 나타나지도 않았는데 미리부터 심장은 두려움으로 고동치고 있었다. 괜찮아. 두렵고 외로운 건 정신이 건강하다는 증거야. 경계 신호를 보내는 거니까. 겨우 심약한 나를 달래고는 침대 구석에서 무릎 사이에 얼굴을 묻고 있다가 금세 무기력해져

서는 환자처럼 침대에 누워 눈을 감았다. 무언가가 가슴을 짓
누르는 듯해서 눈을 떴더니 고양이 아닌 고양이가 보였다. 고
양이는 내 가슴 위에서 두 앞발을 안으로 접은 채 엎드려 있
었다.

"내가 또 꿈을 꾸는 건가."

"하긴 원흉이 꿈처럼 생각하는 것도 무리는 아니지. 걱정
돼서 와 봤어."

"가슴이 답답해. 나는 어떻게 되는 거야. 불안해."

"지금 원흉이 느끼는 무게감은 바로 심리적 압박감이란 거
야. 갑자기 아이로 변했으니까. 답답하고 불안할 거야. 하지만
짐작만 할 뿐, 원흉의 마음속이 어떤 상태인지는 나도 정확히
몰라."

"그 원흉 소리 좀 그만할 수 없니? 가서 네 주인이나 신경
쓰라고."

"내 주인은 안정 상태에 있어. 주인의 마음이 불안정하면
나는 나타날 수 없어."

"그렇지, 자기 살길은 마련해 놓고 남 걱정을 하겠지. 나는
어떻게 해야 내 나이로 돌아갈 수 있지?"

"그래도 생각보다 혼란스럽지는 않은 모양이야. 어제보다
얼굴이 좋아졌네."

"자기한테 불리한 질문이 나오면 말을 돌리는 이상한 고양

이야."

"나는 고양이가 아니야. 하지만 세상에서 나처럼 생긴 걸 고양이라고 부르니까, 원흉이 나를 부르는 호칭으로는 슈퍼캣이 좋겠어. 고양이는 고양이지만 업그레이드된 고양이."

"대체 왜 나타난 거야? 네 주인이 잘 있다는 것을 보고하기 위해서? 네 주인을 데려와. 네 주인은 내가 이렇게 된 것을 두 눈으로 확인해야 할 의무가 있어. 인간이라면 양심의 가책을 느껴야 한다고."

"그래서 이렇게 내가 원흉의 눈앞에 있잖아. 나는 주인의 양심이기도 해. 앞으로도 기회가 되는 대로 나타날 거야. 원흉에게 피해를 입힌 죄의식이 있으니까."

꼬리로 몸을 감싸고 나른한 눈동자로 나를 쳐다보는 게 타인의 양심이란 말이지. 다시는 타인의 마음 같은 곳에 들어가지 않겠다고 마음먹었다. 타인의 마음 깊숙이 들어가는 건 위험하다. 빠져나올 능력이 되는 사람만 들어가야 한다. 한 발 두 발 걸어 들어갈 때는 모르지. 그 깊은 곳에는 쥐들이 살고 있었어. 누구라도 그 징그러운 광경을 보게 된다면 다시는 그 사람을 만나지 않을 것이다.

"내 마음을 관리하는 것이 있다면, 대체 지금 무엇을 하는 거지? 네 마음의 주인이라도 납치해 와서 이 육체를 서른세 살로 돌려놓아야 하는 거 아냐?"

"원흉은 내 주인과 달리 강한 인간이니까."

"지금의 나를 보란 말이야. 누군가 돌봐 주지 않으면 살아갈 수 없는 몸이라고. 타인의 삶에 기생해서 살아야 해. 아주 나약한 인간일 뿐이라고, 나는!"

고양이처럼 생긴 것이 내게 강한 인간이라고 하니, 울고 싶었다. 비록 아이에 불과하다고 해도 너는 강한 사람이니 홀로 살아도 된다는 논리. 하루하루 살아가기 힘든 사람들에게 당신들은 이런 고된 현실을 극복할 힘이 있는 강한 존재들이랍니다, 그러니 자부심을 가지세요, 라고 말하는 것과 뭐가 다르단 말인가.

"원흉이 지금 아이의 몸으로 있지만 내부에서 볼 때 인생의 가장 위험한 문제는 아닐 거야. 타인에게 마음을 조종할 수 있는 권리를 맡긴다는 것은 위험한 일이야. 지금 내 주인은 원흉 덕분에 삶을 이어 가고 있어. 마음이 가장 혼란스러워질 때는 주인이 삶을 끊고자 할 때야. 하지만 원흉은 무슨 수를 써서라도 살고 싶어 하잖아. 이렇게 내 앞에서 원래 상태로 돌려달라고 외치는 것이 바로 그 증거이기도 하고."

손을 뻗어 고양이의 수염을 만져 보려고 했다. 그런데 손은 고양이의 수염을 허무하게 통과했다. 허공만 휘젓고 있었다. 왜 내 손에 와 닿지 않는 거야. 왜 내 뜻대로 되지 않는 거냐고. 나는 사소한 자극만 받아도 울 준비가 되어 있었다.

"유령 고양이 같잖아."

"원래 사람의 양심이란 게 그런 거야. 유령 같아. 다른 사람 눈에 보일 수도 있고 보이지 않을 수도 있고. 다른 사람이 손쉽게 느낄 수 있는 것이 아니야. 심지어 없는 사람도 있어."

"어떻게 해야 내 몸을 찾을 수 있어?"

고양이는 알려 줄 수 없다는 것인지, 자신도 잘 모른다는 것인지 도리질을 했다. 그리고 침대 바닥으로 착지해서 책상 위로 점프하더니 빛처럼 소리 없이 창문으로 투신했다. 물론, 창문은 깨어지지 않았다. 침대에서 몸을 일으켜 두 손으로 창문을 매만져 보았다. 나는 인간이 맞았다. 직접 손으로 사물의 감촉을 느끼고 부딪쳐 깨닫는 인간.

외출에서 돌아온 달은 나를 내쫓지 않았다. 오히려 내가 머물 수 있도록 옷과 신발 등을 사 왔다. 달은 처음 실험을 하는 과학자처럼 진지한 표정으로 도마질을 하고, 아이가 좋아할 만한, 어쩌면 자신이 좋아하는 음식을 요리했다. 나는 달의 행동이 수상하다고 여겼다. 특히 그가 저녁을 먹은 후 내게 복사한 열쇠를 내밀며, 이제 놀고 싶을 때 나가도 된다고 했을 때 하도 수상해서 고맙다는 말이 안 나왔다. 수상한 고양이와 다시 대화를 나눈 후 나는 이 상황이 꿈이 아니라고 은연중에 받아들였던 것 같다. 내가 의식불명의 상태에 빠져 있는 게 아니라면 나한테 기묘한 사건이 일어난 게 분명해 보였다. 내가 달을 바라보는 태도는 긴장과 이완이 반복되고 있었다. 혹시 이 남자 소아 성애자가 아닐까? 그러고 보니 벤치에서 아동기의 연애는 가능한데 어른의 연애는 할 수 없다고 고백했지. 혹시 자기 취향의 여자가 제 발로 걸어 들어왔다고 저렇게 미소 짓고 있는 건 아닐까? 무엇을 믿어야 할지 알 수 없었다. 달을 제대로 알지 못하면서 마음대로 품었던 생각들이 불안을 더 짙고 크게 만들었다.

달이 다시 밖으로 나가려고 준비할 때 소름이 내 등줄기를 타고 올라왔다. 큰 가방에 빨랫감을 넣으며 네 옷도 같이 가져갈까, 라고 말하던 달의 목소리에 부끄러움 같은 게 묻어 있었다. 나는 그 말을 같이 가자는 말로 알아듣고 고개를 끄덕였다. 지금 가지고 와. 뭘. 빨랫감 말이야. 달은 미소를 보이며 말했다. 그날로 달이 준 방 열쇠를 부적처럼 가지고 다니며 주머니 속에서 만져 보는 버릇이 생겼다. 24시 코인 워시에서는 열쇠를 손에 꽉 쥐고 있었는데, 아마도 라이너스의 담요처럼 열쇠 따위에게 마음을 의지했던 것 같다.

바로 눈앞에서는 20세기 아동이었던 내가 오줌을 지렸던 팬티와 바지가 21세기 남자의 속옷과 함께 엉키어 드럼 세탁기 안에서 세탁되고 있었다. 달은 두 손으로 자판기 커피를 든 채 그 역사적인 세탁 현장을 보는 중이었다. 허망한 눈빛으로. 돌아올 수 없는 과거의 한 장면을 머릿속에 틀어 놓고 감상하는 것 같기도 했다. 그 어느 순간, 혼잣말처럼 나지막한 목소리였지만 달이 "수지"라고 내 극중 이름을 불렀다. 깍지 낀 손을 초조하게 매만지면서 말이다.

"수지가 누구야?"

조심스럽게 달의 운동화 근처에 말을 툭 뱉어 보았다.

"나도 모르게 그렇게 불렀네. 그 사람이 느껴져서."

"가만히 있어도 생각나는 사람인가 봐."

"특별한 사람이지. 내가 살아 있다는 걸 알려 줬으니까."

"뭐 숨 쉬면 살아 있는 거 아닌가?"

"사랑이 시작될 때 살아 있음을 느끼지."

"연인이야?"

"아니. 지금은 연락이 안 되는 사람인데, 이상하지? 곁에 없는데도 있는 것처럼 느껴지니. 그런데 너 이름이 뭐야?"

"이름 같은 거 둘이 있을 때 부를 필요 없잖아. 이렇게 대화하면 됐지 뭐."

"그럼 수지라고 불러도 될까?"

나는 고개를 끄덕였다.

"너 내가 아는 어떤 사람과 많이 닮았어."

"천사의 얼굴은 말이야. 자기가 보고 싶은 사람의 얼굴로 보인대."

가슴이 두근거렸다. 어른의 내가 적어도 한 사람, 달의 기억에서는 살아 있었다. 마음에 깔려 있던 불안이 조금 뒤로 물러난 느낌이었다. 겨우 숨통이 트여 비로소 신선한 바람 한 줄기가 들어온 듯했다. 내 방이 더 이상 내 방이 아니라는 사실을 알았을 때 혹시 내가 태어난 사실조차 지워진 건 아닐까 두려웠다. 하지만 인터넷 검색은 하지 않았다. 내가 말소된 것이 사실로 밝혀지면 도저히 견딜 수 없을 것 같았다. 트루먼 카포티의 말처럼 어른인 내가 사라진 사건은 세상의 흐름에 먼지 같은 영향도 미치지 않았다. 당사자인 나조차도 화장실 변기에 앉아 있거나, 참을 수 없는 졸음 앞에서나, 밥을 먹는 순간에나 어른인 나를 잊은 듯했다. 그런데 그가 예상치 못한 장소에서 내 극중 이름을 불러 준 것이다. 그날 밤에도 나는 분리 불안 증세가 있는 아이처럼 달에게서 시선을 떼지 않았다. 첫날 잠들 수 있었던 건 옆에 달이 누워 있어서였다. 책상 스탠드 불빛 아래서 달은 노트에 무언가를 적었다. 나는 그 모습을 지켜보다가 잠이 들었다. 네, 지금 바로 갈게요. 통화 소리를 듣고 옅은 잠에서 깨어났다. 혼자 있는 것이 두렵다고 말하지도 못하면서 방치된 곰 인형처럼 침대 구석에 웅크려 앉아, 그의 동선에서 눈을 떼지 않았다.

나 잠이 안 와. 이 한마디를 겨우 내뱉고 나서 나는 한숨을 내쉬었다. 혼자 있어서 불안한 건 사실이었지만 그 심정을 말하고 싶지 않았다. 그럼 같이 갈래? 달은 어둠 속에서 무릎을 굽혀 나와 눈높이를 맞추고는 속삭였다. 우리가 택시를 타고 도착한 곳은 30분 거리에 있는 북악산 산책로 입구였다. 지붕이 낮은 커피 전문점과, 파스타 집, 호프 집이 어깨동무를 한 듯 담장 구분 없이 붙어 있었다. 달은 몇 번 와 본 것처럼 바로 호프 집으로 들어갔다. 구석 자리에 차 피디가 환자처럼 생기 없는 표정으로 앉아 있었다. 그는 한 손으로 팔을 괴고 다른 손으로는 술잔을 만지작거렸다. 이 꼬마는 왜 달고 왔어. 차 피디가 나를 보자마자 한 말이었다.

"너는 나를 만나면 불행해져. 6년 전에 내가 여자 친구한테 한 말이지. 여자로 된 친구 말이야. 딱 이런 작은 술집이었어. 그런데 그 여자는 내 말을 무시했어. 나도 오만했고. 내가 잘할 줄 알았거든. 결혼 생활이라는 연기를. 집을 세트장 취급하고 카메라 앞에 선다고 생각하면 될 줄 알았어. 계약이라고 치면 편할 거라고 생각했지. 한 1년은 내 연기가 잘 먹히나 했어. 그런데 그녀가 먼저 규칙을 깨려고 하더군. 언젠가 내가 떠날까 봐 내 아이를 낳고 싶다는 거야. 나를 사랑한 증거를 남기고 싶다나. 우린 원래 아이를 갖지 않기로 했거든. 그런데 인간이 얼마나 이기적인지 아냐? 그 여자가 불행한 표정을 지을 때 나는 떠난 애인 때문에 속이 쓰렸다. 마지막 연인이라고 생각했거든. 사람들은 내가 이혼과 로비 의혹 사건으로 방송계를 떠난 줄 알지. 내가 왜 신인 작가 입봉작으로 돌

아왔는지 아냐? 나는 달라졌거든. 새로 시작할 거다. 이 자리
에서."

　연기가 아니라면 기계 같은 차 피디가 신인 작가에게 마
음을 털어놓고 있었다. 그 점이 수상하면서도 신기했다. 전에
도 두 사람은 따로 만남을 가졌던 것 같았다. 그러고 보니 뒤
풀이 자리에서 달을 부른 건 차 피디였다. 마지막 촬영 때 차
피디가 자주 주위를 두리번거렸던 것도 달을 찾기 위해서였
던 것 같다. 혹시 내가 우연히 목격하고 술버릇 그 이상도 이
하도 아니라고 흘려 넘겼던 장면이 사실은 차 피디에게 운명
적인 순간이었다면? 스물세 살 유령 배역을 맡았던 드라마 뒤
풀이 자리에서였다. 사람들이 저희들끼리 모여서 별거 아닌
일들을 의미 있게 이야기할 때 나는 그 자리에서 빠져나와
아는 사람 없는, 그래서 내 눈에는 텅 빈 거리를 걸었다. 그러
다 회색 골목 모서리에서 차 피디가 음악 선생 배역을 맡은
남자 배우에게 시비 거는 장면을 목격하였다. 네까짓 게 나에
대해 뭘 알아. 차 피디는 손으로 배우의 어깨를 툭 쳤는데, 배
우는 인형처럼 가만히 있었다. 내 마음을 네까짓 게 어떻게
아느냐고. 차 피디가 비틀거리며 중심을 못 잡고 그의 가슴에
고개를 박은 순간 남자 배우의 두 손이 지쳐 보이는 차 피디
의 등을 감싸 주었다. 술주정하는 피디를 말수 없는 연기자가
받아 주는 장면이라 생각하고 거기까지만 몰래 눈동자에 담

았다. 내 기억에서조차 나는 다른 사람을 엿보는 미미한 역할을 맡고 있었다. 달이 화장실에 간 사이, 나는 쓸쓸해져서 소주잔을 비워 버렸다.

"얘, 그거 갖고 되겠니? 한 잔 더 줄까?"

차 피디가 한쪽 입꼬리를 올려 웃고는 계산서를 집어 들었다. 일어나서 중심을 잡을 때 딱 한 번 비틀거렸을 뿐, 차 피디는 똑바로 걸어서 카운터에서 계산을 했다. 그리고 술집을 나갔다. 아마 내가 없었더라면 차 피디는 그에게 은밀한 제안을 했을지도 모른다. 혹시 그 자리가 갓 데뷔한 드라마 작가에게 좋은 기회가 아니었을까. 다시는 달을 따라나서지 않기로 다짐했다. 달의 사생활에 끼어든 거추장스러운 존재가 되고 싶지 않았다.

달과 나는 친구도 연인도 아니고, 단지 아는 사람이라고 부르기에도 모호한 그런 사이였다. 명확하게 말하자면 작가와 배우 사이였다. 그 좁은 방 안에서 내가 탐구해야 할 소우주는 달과 나 자신뿐이었다. 생각이 부풀어 오르기만 할 때 나는 잠을 설쳤다. 내가 침대를 차지한 관계로 달은 바닥에서 잠을 청했다. 존 레넌 한 마리, 폴 매카트니 한 마리, 조지 해리슨 한 마리, 링고 스타 한 마리. 존 레넌 두 마리, 폴 매카트니 두 마리…… 달은 내가 잠 못 드는 것을 눈치챈 후 번갈아가며 비틀스 양을 세어 보자고 했다. 비틀스 멤버가 꿈에

나온 적도 있었다. 그날 꿈에서는 비틀스의 트레이드마크인 깃 없는 정장이 아닌 가죽 라이더 재킷을 입고 선글라스를 낀 멤버가 나와 드럼을 치며 「예스터데이(Yesterday)」를 불러주었다. 그 멤버는 바로 피트 베스트였다. 달이 아니었다면 나는 1962년 8월 16일까지 비틀스 멤버로 활동하다가 스타가 되기 직전 해고당한 피트 베스트를 몰랐을 거다. 그는 비틀스가 엄청난 성공을 거두리라는 것을 알았다. 하지만 빛을 보려는 순간, 자신이 해고당할 줄은 몰랐다. 비틀스 멤버들이 무대에 서 있을 때 그는 제과점에서 빵 자르는 일을 했다.

노크 소리가 들렸을 때, 나는 꿈과 현실의 경계에서 피트 베스트가 문을 두드리는 줄 알았다. 잠에서 깨어, 살짝 눈을 뜨고 보니 차 피디였다. 왜 왔을까. 관객의 눈에만 보이는 것이 있다. 달이 더 크게 날아오를 수 있는 인생의 기회가 펼쳐진 것 같았다. 달은 차 피디같이 냉철한 사람이 왜 인턴 작가의 방에 찾아왔는지 상황을 분석할 수 있을까. 내 추측이 맞다면 그는 달의 어떤 면에 호감을 느끼고 문을 노크한 것이다. 정말 술에 취한 건지 몸을 못 가누는 척 연기를 하는 건지 차 피디는 쓰러지듯 바닥에 앉았다. 나는 자는 척 바로 눈을 감았다.

"너 재랑 동거하냐?"

"사람끼리의 순수한 동거죠."

웃음이 묻어 있어서 농담인지 진담인지 알 수 없었다.

"성 윤리도 없는 놈. 최소한 주민등록증은 발급받은 여자랑 해야지. 여자도 못 안는 놈이 동거는 무슨."

두 사람은 스탠드 불빛만 켜 놓은 상태에서 차 피디가 사 온 맥주를 마시기 시작했다. 달이 차 피디의 말을 받아 준 탓에 술자리가 이어지고 있었다. 흘끗 보니 차 피디의 고개가 고장 난 가로등처럼 푹 꺾여 있었다.

"내가 네 작품 왜 뽑았는지 알아? 남자 주인공 감정이 날 것 그대로 살아 있어서야. 가공되지 않은 감정 말이다. 상대방이 불행해져서 연애 못 하는 남자라니. 이걸로 가볍게 사기 한번 쳐 보고 싶더라. 사랑, 그거 사기 치기 딱 좋은 소재야."

"감독님한테는 사기인 게 저한테는 희망이네요. 저는 죽기 전에 꼭 인간적인 연애를 하고 싶거든요."

"인간이 하는 연애가 다 인간적이지, 별거 있는 줄 아냐?"

"뭐, 인간하고 동물이랑…… 하는 것도 있고."

"동물? 성 취향 한번 광활하네. 그래서 저게 인간적인 연애냐?"

차 피디의 눈빛은 예리했다. 차 피디는 나와 달을 아이와 어른이 아닌 남자와 여자의 관계로 보고 있었다. 원래 내가 오디션을 본 배역은 내 나이보다 세 살이 많았던 신임 교사 역이었다. 차 피디는 나보고 표정이 죽어 있어서 유령 역할에

제격이라고 했다. 스물세 살에 고등학생 역할을 맡아 연극처럼 혼자 세트 촬영을 하면서, 나는 차 피디를 이해할 수 없었다. 작가가 넣지도 않은 인물을 자기가 만들어서 마음대로 집어넣는 연출가라니. 하지만 그런 차 피디가 있었기 때문에 나는 유령 역이나마 배역을 맡을 수 있었던 것이다.

"제 눈에는 저 아이가 천사로 보여요. 다음에는 천사와 인간의 연애를 써 보고 싶어요."

"이건 뭐 롤리타도 아니고. 소아 성애자 얘기네. 정말 쟤 누구야, 친척이야?"

"세상에서는 규정지을 수 없는 관계도 있어요. 우리 사이는 말로는 설명할 수 없어요. 확실한 건 지금 저 아이한테는 제가 필요해요. 계속 옆에 있어 줄 거예요. 그냥 예의 같아요. 이 세상 어딘가에서 내게 걸어와 준 사람에 대한."

"나도 술집에서 너한테 걸어온 사람이야. 너는 내가 왜 여기 왔다고 생각하냐. 넌 하나부터 다시 배워야 해. 글에는 두 종류가 있어. 세상을 아름답게 꾸며 주는 꽃이 되든가, 꽃으로 치장된 세상을 베어 버리는 칼이 되든가, 넌 이도저도 아니야."

"말씀은 감사한데, 그런 이분법적인 사고는 저한테 안 맞는 것 같아요. 저는 인간이 동물일 수도 있고, 동물이 인간일 수도 있다고 생각해요."

달은 부드러우면서도 단호한 목소리로 말했다. 차 피디는 어이없다는 듯 웃었다. 나는 두 사람에게서 시선을 거두고 돌아누웠다. 달은 정말 이상한 사람이다. 이상하다기보다는 나는 달 같은 사람을 처음 만났다. 앞으로도 만나게 될 것 같지 않았다. 그 이상함이 어른이었을 때는 낯설어서 경계해야 할 무엇으로도 다가왔다. 아이로 변하고 나서는 달이 훼손되지 않은 무엇을 가진 희귀한 어른처럼 보였다. 어느 날 무작정 일상에 끼어든 나를 있는 그대로 받아들이는 사람. 화분 하나 감당하지 못해서 돌려보내는 나라는 인간과 확실히 다른 사람이다. 시도 때도 없이 불안감으로 어두워지던 마음이 비로소 진정된 느낌이었다. 달은 타인 앞에서 나를 꾸미지 않고 나 자체로 인정해 주었다. 지금의 나를 존중해 준 것이다. 차 피디에게 건너간 말을 침대에서 주워들었을 때는 마음이 부풀어 오르는 것 같았다. 계속 옆에 있어 줄 거예요. 내 가치가 순식간에 상승한 느낌을 받았다.

달의 한마디 한마디가 내 뼈마디에 사무쳐 오는 밤이라고 생각하며 잠이 들었는데 다음 날 몸이 어제와 달라진 듯한 느낌에 전날보다 일찍 눈이 떠졌다. 밤사이 몸이 갓 구워 낸 빵처럼 따뜻하게 부풀어 올라 옷이 작아진 느낌이었다. 뭔가 미묘한 변화가 몸에 나타났음을 깨닫자마자 정신이 들었다. 차 피디가 다녀간 게 내 꿈이었던 양, 바닥에는 달 혼자 잠들어 있었다. 깨지 않도록 조심조심 화장실로 들어왔다. 세면대 거울 속에는 간밤보다 성숙해진 아이가 들어 있었다. 머리카락 길이는 어제처럼 차분하게 어깨를 살짝 덮고 있었지만 키와 몸무게가 달라진 게 확연히 보였다. 바로 어른의 몸이 되지는 못했지만 나는 분명 성장했다. 비정상적인 속도로 밤새 2년에서 3년의 세월을 훌쩍 뛰어넘은 것이다.

달은 세상 짐을 다 내려놓은 듯 평온한 표정으로 잠들어 있었다. 창문을 살짝 열어 6월 초순의 싱싱하고 따뜻한 공기를 깊이 들이마셨다. 흔히 아침 공기는 상쾌하다고 하는데, 정말 그랬다. 자란 몸을 실감한 아침, 고민이 생겼다. 달은 나를 어떻게 생각할까. 나는 아홉 살쯤으로 보였는데, 그러면 나흘 만에 두 살을 먹은 셈이었다. 일곱 살의 어느 날로부터 나흘 만에 아홉 살이 된 사람이 서른세 살이 되려면 며칠이 걸릴 것인가. 종이에 적어 보니, 대충 한 달이 지나면 20대 후반으로 돌아갈 수 있었다. 달은 계속 내 옆에 있어 주겠다고 했다. 부디 그 마음의 유통기한이 한 달 가까이 이어지기를 바라면서 나는 한숨을 쉬었다. 과연 내 나이에서 멈춘다는 보장이 있을까. 나흘 만에 계속 두 살씩 먹으면 어쩌지. 인생의 공식은 적어도 일주일이 지나 봐야 알 수 있을 것 같았다.

달은 밤새 변한 나를 자연스럽게 대해 주었다. 인터넷 쇼핑몰에서 내게 옷을 고르라고 한 걸로 봐서 내 비정상적인 성장을 눈치 못 챈 건 아니었다. 다만 그것을 비정상적인 현상으로 받아들이지 않았을 뿐. 처음 쑥 자란 전후로 분리 불안 증세는 견딜 수 있을 정도로 좋아졌다. 하지만 나는 달이 복사해 준 열쇠를 여전히 만지작거렸고, 혼자서는 방 밖으로 나가지 못했다. 나는 달이 모아 놓은 옛날 영화를 보거나 책을 읽으며 혼자 있는 시간을 견뎠다. 이미 세상을 떠난 여배우들이 화면 속에서 울고 웃는 영화가 좋았다. 책은 그의 방에서 가장 두꺼운 것을 골랐는데, 『비틀스 평전』이었다. 바로 베개로 사용할 수 있을 만한 두께에 비틀스의 역사가 담겨 있었다. 비틀스의 마지막 멤버 링고 스타가 합류하는 장면을 못 읽고 어른이 되어서 그 방을 나갈 줄 알았다.

방에만 있는데도 시간이 무르익어 가는 걸 느낄 수 있었다. 창으로 들어오는 바람의 밀도, 지나가는 사람들 옷차림, 달이 옷에 묻히고 들어오는 초여름 내음, 그러니까 나만 시간의 바깥에 있었다. 왜 나는 성장하지 않는 거지? 빛이 들지 않아 마음 벽마다 습기가 차서 곰팡이가 슬어 버린 건 아닌가 싶을 정도로 몸도 마음도 눅진거렸다. 너무 오래 한곳에 웅크려 있어 날개 자체가 퇴화해 버린 새처럼 비상은 꿈도 꾸지 못했다. 나는 꿈속에서 더 활기가 넘쳤다. 연기자 대기실에서 학습지를 풀고 숙제하는 어린 내 모습. 성인 연기자들이 내 머리를 쓰다듬고 지나가는 장면. 학교에 오면 아이들의 특별한 시선을 받는 나. 무엇보다 가장 뿌듯했던 순간은 통장에 출연료가 들어와서 엄마가 내 가치를 인정할 때였다. 그 어린 시절의 꿈에서 깨어나면 미리 주마등을 감상한 것처럼 가슴 한 곳이 시큰거렸다.

달은 내가 어떤 마음으로 혼자 방을 지켰는지 모를 것이다. 인생의 재해를 당한 내가 하소연할 수 있는 대상이라고는 수상한 고양이밖에 없었다. 나를 그대로 보여 줄 수 있는 대상은 수상한 고양이뿐이었다.

"원흉은, 그림 쪽에 영 재능이 없다. 이게 내 얼굴이야? 평범한 고양이잖아."

"슈퍼캣 몽타주야. 다시 보니 영정 사진 같기는 하네. 내가 하는 게 다 그렇지, 뭐. 이러니까 어느 날 갑자기 사라졌어도 찾는 사람 하나 없지. 역시 나는 쓸모없는 사람이었나 봐."

"자신을 비하하지 마. 그런 마음을 관리하는 게 얼마나 힘든 줄 알아?"

"다른 사람이라면 너한테 홀리지도 않았어. 돈벌이에 이용하려고 너를 생포했을걸."

"아무한테나 내 모습을 드러내진 않아. 원흉이니까 나타날 수 있었어. 사실, 나도 도박을 하는 심정이었다고. 내 주인은 언젠가 큰 대가를 치르게 될 거야."

"네 주인 얘기는 관심 없어. 남이야 어떻게 되든 말든. 그대도 그런 심정으로 나를 유괴하지 않았나요?"

"아, 원흉의 그림을 더 보고 싶은데 이만 가 봐야겠어. 다음에 봐."

고양이가 사라진 허공을 보다가 문득 고개를 드니, 푸른 하늘에 하얀 뭉게구름이 떠 있었다. 그리고 구름 윗부분이 햇빛을 받아 하얗게 반짝이던 바로 그날 오후, 받는 이가 동명이인이라 잘못 걸려 온 전화처럼, 그 소식이 방으로 날아들었다. 하지만 내가 그 기사를 클릭한 것은 우연이 아니었다. 어느 아역 출신 무명 배우의 죽음. 내 서른세 살의 시체가 세상 어딘가에서 발견되기라도 한 걸까. 기사에 실린 프로필 사진을 보자마자 바로 웃을 때마다 쌍꺼풀 없는 눈이 일자가 되던 한 여자아이가 떠올랐다. 실실 웃는 표정 때문에 NG가 나던 아이. 웃는 얼굴로 지금 우는 거라고 말하던 키 작은 여자아이. 그녀는 드라마에서 내 단짝으로 나온 적이 있었다. 마지막 표정은 어땠을까. 그녀는 목매달아, 스스로 세상에서 퇴장해 버렸다. 무명 배우라는 것이 그녀의 정체성인 듯 대다수 기사 제목에 그 단어가 들어가 있었다.

어머니의 증언에 따르면 전혀 자살할 사람이 아니었다고 한다. 집에서 늘 활기가 넘쳤으며, 쇼핑몰 창업도 준비 중이었다고 한다. 그녀는 어머니도 속을 정도로 완벽에 가까운 표정 연기를 했는데, 오디션에 연이어 떨어졌던 것이다. 지인은 그녀가 아마추어 단편 영화에 의욕적으로 출연하면서도 오디션에 낙방하자 처지를 비관했다고 했다. "여기서는 쉴 수 없어서 먼저 갑니다. 미안하고 사랑합니다." 유서가 발견되었기 때문에 경찰은 자살로 추정한다고 했다. 한 기사에 빈소 위치와 발인 날짜가 적혀 있었다. 달의 방에서 지하철로 두 정거장 되는 거리에, 어른이 되어서는 만난 적 없는 그녀가 싸늘한 시신으로 누워 있다니. 내가 아이의 몸으로 호흡하는 것만큼이나 비현실적으로 다가오는 커트였다. 그러니까, 그녀와 나는 30분도 안 되는 거리에 살고 있었던 것이다. 우리는 그 중간쯤, 아니 서로의 동네 어느 이름 모를 술집이나 식당에서 만나 우리를 알아보지 못하는 사람들을 비웃을 수도 있었을 텐데. 내 세상은 왜 이리도 작고 좁기만 한 걸까. 나는 주변에 누가 있는지 보려 하지 않았다. 내 그림자만 쳐다보느라 정신이 없었다. 친구 역할을 했던 아이의 장례식장, 나는 창문 너머 하늘로 시선을 던졌다.

그날 비로소 혼자 건물 밖으로 나올 수 있었다. 마주 보며 서 있는 두 건물이 점점 내 쪽으로 다가올 것만 같았다. 쥐도 새도 모르게 압사당할 수도 있다는 생각에 호흡이 가빠졌다. 피신하듯이 달려간 곳은 기묘한 사건이 발생했던 이름 모를 공원이었다. 아이들이 바람처럼 들어왔다가 떠나갔다. 쓸쓸한 빈소에 가서 친구 역할이라도 하는 것이 도리인 것 같았지만 공원 밖으로 나갈 수 없었다. 내가 할 수 있는 일이라고는, 생을 마감하는 장면에서 NG를 내지 않은, 그녀의 절박한 행동에 마음속으로 박수를 보내는 것뿐. 어둠이 슬금슬금 공원에 들어온 후에도 노인처럼 힘없이 그네에 앉아 있었다. 누군가 공원 안으로 걸어 들어와서 그네 바로 앞에 멈춰 섰다. 발소리가 멈춘 곳에는 낯익은 운동화가 놓여 있었다. 슬며시 고개를 들자 달과 눈이 마주쳤다. 집에 가자. 달은 두 손으로 그넷줄을 붙잡고 나를 내려다보고 있었다.

"내가 여기 있는 줄 어떻게 알았어?"

"처음에 왔을 때 말했잖아. 공원에서 고양이한테 유괴당했다고. 여기 없으면 더 멀리 있는 공원에 가 보려고 했어. 지구는 둥그니까 언젠가는 만날 수 있다고 생각했지. 왜 사람은 잊고 싶은 기억인데도 그곳에서 헤어나오지 못하잖아. 벗어나야지, 하면서도 계속 주변을 맴돌게 된다고. 고양이한테 유괴당했다는 건 정말 대단한 일이잖아? 잊고 싶어도 잊을 수 없는 일이지. 그래서 가장 가까운 공원에 와 본 거야."

"달."

나는 처음으로 그의 이름을 불러 보았다. 빈소 주소만 달랑 들고 무작정 집 나온 아이를 데리러 온 보호자. 또 기묘한 것한테 홀려 험한 장소에 있어도 내 보호자가 한 손을 청바지 주머니에 넣고 여유롭게 걸어 들어와 나를 구출해 줄 것 같았다. 나, 당신의 손을 한 번만 잡고 싶어요. 이해해 줄 거라 믿으며 말을 할 때 당신의 손을 잡고 싶어요. 달이 부르는 비틀스의 노래 가사처럼 나는 처음으로 타인의 손을 잡아 보고 싶어졌다. 내 손가락이 달의 손가락에 살짝 부딪힌 건 우연이 아니었다.

하고 싶은 이야기가 있었다. 하지만 그럴 상대가 없어서 나는 다시 공원 그네에 앉아 있었다. 달이 아까처럼 나를 찾으러 와 줄까. 혼자 그네 위에서 고독한 시계추 운동을 했다. 우연히 바람을 타고 들어온 하얀 꽃가루처럼 한 인물이 자연스럽게 나타났다. 소년은 두 손을 주머니에 넣은 채 습하고 미지근한 공기를 툭툭 차듯이 걸어 들어왔다. 미끄럼틀 위로 올라가서 주르르 미끄러져 내려오는 소년. 소년은 시소 중간에 앉더니 두 손으로 각각 양쪽을 잡고 내렸다 올렸다 했다. 그러더니 내 옆으로 와서 그네에 올라섰다. 소년이 탄 그네가 어둠을 탄력적으로 밀어냈다. 저쪽 공중에까지 올라갔을 때 소년은 한 발 차기를 했는데 바로 그 순간 그넷줄이 탁 끊어졌다.

소년을 태운 그네는 저 하늘을 새처럼 훨훨 날아서 깊은 밤을 비행하고 있었다. 하지만 지상에서 하루하루를 살아가는 사람들은 그 장면을 보지 못한다. 그러려면 마음의 눈을 떠야 하는데, 대부분의 사람들은 마음에도 눈이 있다는 사실조차 모르기 때문이다. 소년은 지금도 사람들이 볼 수 없는 곳에서 탄성을 내지르는 중이다.

소년의 무표정한 얼굴이 어떻게 하면 바뀔까 상상했더니 이런 장면이 내 머릿속에 펼쳐졌다. 낯선 사람을 날카롭게 보던 그 눈빛만 기억에 남았는데, 다시 보니 소년의 얼굴에 그늘이 드리워져 있었다. 공원에 퍼져 있는, 얇은 어둠 때문이 아니라 아래로 향한 눈빛이며 다문 입술이 우울해 보였다. 혼자서 답을 찾을 수 없는 문제를 품은 듯 보이기도 했다. 그래 봤자, 집에 들어가기 싫어서 동네에 사는 아이가 놀이터에 들렀다 가는 게 다일 텐데. 다른 사람 얼굴을 훔쳐보면서 이런저런 생각을 굴려 보는 내가 우스워서 피식 웃고 말았다. 하지만 그 녀석이었기 때문에 나도 모르게 시선을 빼앗겼던 것이다. 5월의 마지막 밤, 함께 기묘한 고양이를 목격했던 바로 그 소년.

"너 혹시 말하는 고양이 본 적 있니?"

소년이 그네에 앉자 말을 건네 보았다. 그런 거 보면 미친 사람 아니야? 소년의 대사를 알면서도 조심스럽게.

"응. 바로 저기서 봤는데."

소년은 손끝으로 대각선 방향에 있는 쓰레기통을 가리켰다.

"너, 혼자 자주 여기에 오니?"

"그냥 들어가기 싫을 때 가끔."

"그러면 이 공원에서 절대로 '혼자'라는 말을 하지 마. 이상한 고양이에게 홀릴 수도 있어. 고양이처럼 보이지만 진짜 고양이는 아니야. 마음의 파수꾼이거든. 주인에게 위험이 닥치면 사람도 유괴하지. '혼자'라고 말하면 그 고양이는 이렇게 대답하거든. 당신은 혼자가 아니에요."

"넌 얼마 받았어? 그 여자 미친 것 같아. 아마 사람들이 자기 말을 안 믿어서 미쳤나 봐. 돈까지 주면서 자기 말을 믿어 달라고 사정했잖아. 내가 충고도 해 줬지. 정신병원에나 가 보라고."

나에 대해 말을 하는 소년의 입술을 유심히 바라보았다. 그 녀석이 입을 열고, 혀를 움직여서 만들어 내는 발음. 그 발음이 만들어 내는 소리와 의미. 그것은 바로 이 공원에서 잃어버린 내 모습. 그리 오래되지 않았지만 이제는 전생처럼 느껴지는 시공간, 거기 있던 나를 기억하는 소년. 나는 뜻밖의 사람에게서 기억되고 있었다. 비록 오해받고 있었지만. 아이 앞이라 해도 눈물이 무기력하게 볼을 타고 흘러내리는 모습을 보이고 싶지 않았다. 바로 고개를 돌려서 어두운 허공에 대고 울음을 삼켰다.

"왜 울어?"

"사실은, 바로 내 옆에 있던 사람이 세상을 떠났어. 오늘 그 소식을 알았는데, 장례식장에 못 가고 이러고 있어. 여기서 지하철 두 정거장이면 되는데 발이 떨어지지 않는 거야.”

“같이 가 줄까? 어차피 여기 앉아 있는 것도 심심하고. 근데 나 돈 없어. 내 표도 사 줘야 돼.”

그날 아이가 된 후 처음으로 동네를 벗어났다. 지하철 계단을 내려가고, 달이 준 용돈에서 소년의 표까지 사고, 지하철 개찰구를 통과하는 일이 어지러울 정도로 낯설었다. 아무도 나한테 관심이 없었겠지만 사람들의 시선이 공처럼 느껴져 나도 모르게 피하느라 어깨를 움츠렸다. 그때 작은 손이 내 손을 갑작스럽고도 따듯하게 감싸 주었다. 너 지하철 처음 타 보냐. 복숭아처럼 볼이 발간 소년의 옆얼굴이 보였다. 열차 안에서는 내가 소년의 손을 더 꼭 잡고 있었다. 비록 영정 사진이지만 오랜만에 아는 사람 얼굴을 보러 가는 길이라 그런지 긴장이 됐다.

소년 덕분에 병원 지하 2층에 있는 장례식장에 도착할 수 있었다. 무채색 계열의 옷을 입은 어른들 틈에서 소년과 나는 이질적으로 보였을 것이다. 조문객이 없어서 빈소는 고인의 영혼마저 떠난 것처럼 쓸쓸했다. 그녀의 어머니와 상주로 있던 젊은 남자의 눈에 띄지 않게 나는 입구에서 영정 사진으로 둔갑한 프로필 사진을 바라보았다. 하얀 국화 몇 송이만이 그녀 사진 곁에 있어 주었다. 나는 영정 사진 속 그녀에게

만 소리 없이 알은체를 했다. 아마 유령이 된 그녀는 내가 어린 시절 모습 그대로 나타나서 단번에 알아보았을 것이다.

"돌아가신 분, 혹시 엄마야?"

돌아오는 길에, 지하철 안에서 소년이 작은 소리로 물었다.

"결혼도 안 한 아가씨한테 엄마라니. 그런데 너 그런 데 처음 가 본 거지. 아이 데리고 내가 못 올 데를 다녀왔네."

"너는 몇 살인데. 되게 웃긴다."

그러게, 나는 정확히 몇 살의 모습으로 지하철을 타고 있는 걸까? 지하철 두 정거장 거리에 있는 세상에 다녀온 후 나는 조금 달라져 있었다. 우선 역 밖으로 나온 후 다른 사람들처럼 거리를 걸었다. 건물이 갑자기 나를 덮친다거나 골목에서 기묘한 무엇이 튀어나올까 봐 초조해하지 않았다. 내 표정이 우울했던 건, 다른 이유에서였다. 지나가며 보니, 달의 방에 노란 불빛이 들어차 있었다. 소년과 나는 다시 공원 안으로 터덜터덜 걸어 들어왔다.

"너 집에 안 들어가도 돼?"

벤치에 앉아 길게 한숨을 내쉰 후 소년을 바라보았다.

"그러는 너는?"

"모르겠어. 들어가도 될지. 보호자가 안 받아 줄 것 같아."

어린 시절 동료는 죽음을 통해 내게 소식을 알렸다. 관계가 완전히 끊어졌음을 말해 주는 마지막 안부였다. 이제 나의 존재감도 어둠 속의 불티처럼 결국 재로 남을 일만 남은 듯했다. 내가 꺼질 듯 꺼지지 않는 위태로운 빛을 이어 갈 수 있었던 건 바로 달과의 관계 때문이었다. 돌아갈 곳도, 알아봐 주는 사람도 없이 어두운 공원에 앉아 있는 나란 인간이 아주 작게 느껴졌다. 소년은 내게 어떤 사고를 쳤느냐고 물었다. 사고라기보다는, 말을 이으려다가 나는 입을 다물었다. 호기심 어린 눈빛을 보이는 소년에게 나와 달 사이에 있었던 일을 전부 말해 줄 수는 없었다. 그런데도 식욕처럼 본능적으로 소년에게 이야기하고픈 욕구가 일었다.

"한마디로 어떤 여자의 대역 배우가 된 느낌이었어."

어두운 하늘에 조명 같은 달이 떠 있었다. 방에서 있었던 일이 주마등처럼 머릿속에 떠올랐다. 저녁 식사 후 침대에 시체처럼 누워 나에 대해 생각해 보았다. 수상한 고양이 말처럼 이런 상황에서도 어쨌거나 잘살고 있는 나란 인간이 더 강한가, 아니면 자발적으로 세상에서 퇴장한 내 극중 친구가 더 강한 사람인가. 삶의 대안으로 그녀가 죽음을 선택했다면 죽음은 그녀에게 다른 방식의 삶일까. 내가 이런 생각에 빠져 있고, 달이 침대 옆구리에 기대어 앉아 책을 보던 그때 휴대 전화가 울렸다. 달은 자연스럽게 전화를 받았다. 나야, 나지막하면서 차분한 여자 목소리가 내 귀에도 들어왔다. 달은 몇 초간 정지된 화면처럼 가만히 있었다.

“수지?”

그러더니 여자의 이름을 말했다. 「달의 마지막 연인」 여주인공의 이름. 그런데 진짜 수지가 있었구나. 달은 여자의 질문에 수줍은 소년처럼 단답형으로 대답했다. 여자의 목소리가 드문드문 내 귓속으로 잡음처럼 들어왔다. 밖, 잠깐, 얼굴. 따위 말이 들린 걸 보면 여자는 잠깐 밖에서 얼굴이나 보자고 말한 것 같았다.

“오늘 밤은 곤란해. 아, 우리 고양이는 내가 없으면 잠을 못 자.”

나의 온 신경은 달의 목소리에 닿아 있었다.

“우울증에 걸렸거든. 내가 옆에 있어 줘야 해.”

“방금 전화한 여자가 수지야?”

나는 벌떡 몸을 일으켜 고양이 발톱처럼 작지만 날카로운 목소리로 달의 하얀 뒷목을 긁었다. 달은 내 쪽은 보지도 않고 천천히 고개를 끄덕였다. 달에게 살아 있다는 것을 알려 준 사람은 내가 아니라 다른 수지일 것 같은 예감이 들었다. 너무 부끄러워 숨어 버리고 싶었다.

“그럼 우울증 걸린 고양이가 나구나. 하긴 나는 이 방에 사는 애완동물 같아. 하지만 모르는 여자한테 나를 그런 식으로 소개하지 마. 지금이라도 그 여자를 만나러 가. 내 핑계 대지 말고.”

“수지.”

달이 무슨 말을 하려고 했는지는 모른다.

“난 수지가 아니야!”

나를, 아니 다른 여자의 이름을 불렀을 때 내가 소리를 질렀으니까. 바로 그때가 내가 인생에 대고 비명을 지를 타이밍이었는지도 모른다.

“왜 저 여자의 이름으로 나를 불렀어? 이름이라도 불러 보고 싶었던 거야?”

“그녀를 생각하고 부른 게 아니야. 연락도 갑자기 온 거고. 나도 모르게 그런 핑계를 댄 거야.”

달은 시선을 떨군 채 미안하다고 말했다. 나는 달이라는 타인이 연민으로 거둬들인 유기 인간이다. 이지러진 생각이 내 마음에 만월처럼 부풀어 올랐다. 달은 책상 앞에 앉았다. 그리고 기도하듯 모은 두 손에 이마를 댄 채 가만히 있었다. 나는 너의 애완동물이 아니야. 달의 뒷모습을 보며 멋대로 다음 장면을 이어 보려고 했다. 어린 타인의 눈물을 닦아 주던 친절한 사람답게 다시 나와 눈높이를 맞추고 내 이야기를 들어 줄 것이라고. 하지만 달은 수지라는 여자의 전화를 받은 후 자기만의 방에 들어가 버린 것 같았다. 나는 닫힌 문을 신경질적으로 두드리듯이 달에게 퍼부었다.

“내가 고양이라면 너는 쥐야! 교미할 생각만 하는 쥐새끼!”

그다음 달이 나를 돌아보긴 했다. 미소가 완벽하게 사라진 얼굴로. 내가 아는 달의 표정이 아니었다. 나도 모르게 뒤로 주춤거렸다. 눈앞에 있는 남자는 달이 아니었다. 아이를 잡아먹으려는 괴물. 월식이 되자 야수로 변한 남자가 여자아이의 간을 빼 먹기 위해서 다가오는 것 같았다. 마침내 괴물이 내 어깨를 꽉 붙잡자 나는 눈을 질끈 감아 버렸다.

"다시 말해 봐."

달이 어깨를 흔들어 대자 나는 가쁘게 숨을 몰아쉬었다. 그러니까, 살기 위해서 거의 본능적으로 달의 오른쪽 손목을 꽉 깨물어 버렸다. 달이 비명을 터뜨렸고 나는 바로 탈출에 성공했다. 언젠가 구원을 요청하기 위하여 조심조심 밟아 올라갔던 계단을 빠른 속도로 내려왔다. 달이 아무리 무서울 정도로 낯설게 보였어도 내가 도망친 곳은 기껏해야 공원이었다. 혼자서는 이 변두리를 벗어나지 못하는 저주에 걸린 것 같았다. 나는 어두운 심연을 들여다보듯 고개를 숙이고 있었다. 우연히 다시 만난 소년에게 이 모든 이야기를 들려줄 수 없었다.

"보호자가 때리거나 혹시 너한테 이상한 짓을 해? 몸을 막 만진다든가."

나는 느리게 고개를 가로저었다.

"그럼, 별거 아니네. 돌아가. 최악의 상황은 아니니까. 그런데 너 이 동네에서 처음 보는데 이름이 뭐야? 몇 살이니?"

나의 기묘한 처지를 알고 있는 건 수상한 고양이뿐. 인생의 재해를 당한 내가 그나마 하소연할 수 있는 상대라고는 수상한 고양이밖에 없었다. 고양이와 대화를 할 때 나는 만화 속 인물처럼 단순해졌다. 그런데 소년과 이야기할 때는 시간이 뒤로 휙휙 넘어가서 유년기의 어느 순간으로 돌아간 듯했다.

"어제까지만 해도 수지라고 불렸어. 하지만 그 이름으로 불리고 싶지는 않아. 정확한 나이는 나도 몰라."

"너 비밀이 많구나. 뭐 어차피 다시 볼 사이도 아닌데. 나도 관심 있어서 물어본 건 아냐."

"우리 서로 외로움도 달랠 겸 가끔 만나 대화하는 건 어떨까. 나한테는 친구가 없어. 학교도 안 다녀. 우리 친구 할래? 너는 몇 살이니. 이름이 뭐야?"

소년에게 손 내밀며 친구 프러포즈를 하다니. 별거 아닌 장면이 내 인생에서의 첫 경험이라고 생각하니 우스웠다.

"뭐, 난 여자하고는 친구 안 하지만. 나는 열두 살. 이름은 말 안 해. 네가 나이를 안 밝히니까."

소년이 내 손을 잡았을 때 볼이 발개졌는데 어른인 척 행세하는 가면 너머 얼굴이 수줍게 나온 듯했다. 나보고 정신 병원에 가라고 외쳤을 때만 해도 버릇없고 차가운 녀석인 줄 알았다. 하지만 녀석의 심연이 빙하로 이루어졌다고 해도 햇빛이 드나드는 틈이 나 있어서 마음이 단단하게 굳을 일은 없어 보였다. 소년의 복숭아빛 뺨을 본 후로 어른의 사고로 복잡했던 내 머릿속이 조금 환해진 느낌이었다.

"얘, 옆에 있어 준다는 거 무슨 뜻일까? 애인처럼 생각한다는 의미 같니?"

소년을 드라마 속 친구로 여기고 나는 별 기대 없이 물어보았다.

"아, 나는 잘 모르겠어. 사실 연애 못 해 봤거든. 그런데 나라면 함께 있고 싶다고 말할 것 같아. 아무튼 오늘은 더 늦기 전에 들어가. 내가 문 앞에 있을게. 보호자가 무슨 짓을 하려 하면 바로 도망 나와. 소리치든지. 자, 일어나. 가자."

우습게도 소년의 충고는 나를 벤치에서 일어나게 하고 마침내 걷게 만들었다. 누군가와 나란히 걸어가는 일이 단순한 일상이 아니라 신선한 경험으로 다가왔다. 내가 일찍 아이를 낳았다면 이만한 아들이 있을지도 모르겠다고 생각하니 헛웃음이 나왔다. 어둠 속에서 낡은 건물이 화가 난 선생처럼 다소 근엄한 얼굴로 서 있었다. 노란 불빛이 수줍게 들어찬 달의 창문. 저 네모난 공간에서 그는 어떤 모습으로 있을까. 이런 끝은 헤어짐의 완성도가 떨어진다는 것을 누구보다 드라마 작가인 그가 더 잘 알 것이다. 달이 여전히 낯선 표정을 짓고 있다고 해도 나는 들어가야 했다. 소년에게 내 보호자는 나쁜 사람이 아니니, 너도 그만 집으로 가라고 말했다. 소년은 한 손을 흔들어 보이며 뒤로 몇 발짝 걸어가다가 휙 돌아서 어둠 속으로 달려갔다.

계단을 다 올라왔으면서도 나는 문 앞에 고개를 숙이고 서 있기만 했다. 그 자리에서 작고 나약하고 무엇보다 불완전한 나를 발견했기 때문이다. 처음 선뜻 안으로 들어가지 못한 이유는 한마디로 달이 무서워서였다. 달이 내 잇자국이 난 손목을 보며 복수를 결심하고 일부러 문 앞에 있을지도 모른다는 생각, 이번에야말로 내 목덜미를 물어뜯을지도 모른다는 생각. 이런 생각을 펼치는 나란 인간을 과연 30대의 어른이라고 할 수 있을까? 달이 차가운 표정과 따뜻한 미소를 가진 사람이라면 나는 이렇듯 아이와 어른의 사고로 머릿속이 불안한 인물일 뿐인데.

처음 아이의 몸으로 문 앞에 섰을 때처럼 겨우 작은 손을 뻗어 문을 두드렸다.

바로 문이 열리는가 싶더니 달이 순식간에 내 작은 몸을 품에 안았다. 심장이 벅찬 감정을 이기지 못하고 멈춘 듯했다. 그의 부드러운 입술이 내 목에 닿자 심장이 뛰기 시작했다. 달은 내 작은 몸을 더 깊숙이 껴안았다.

"가지 마."

장례식장에서 본 하얀 국화꽃이 머릿속에 가득 찬 느낌이었다. 달의 고백으로 시간이 하얗게 물들어 버린 것 같았다. 작은 두 손으로 그의 등을 껴안았다. 숨 막힐 듯 따뜻한 그 품속에 조금만 더 오래 있고 싶었다. 시간이 잠깐 우리 두 사람을 피해 지나갔으면 했다. 아무 말도 없이 현관에서 포옹하고 있는 두 사람이, 다른 사람의 눈에는 어떻게 보였을까. 어느 순간 바람 빠진 풍선처럼 축 늘어져 있던 마음이 빠르게 부풀어 올라, 신비한 곳으로 로켓처럼 발사되는 느낌이었다. 내가 어떤 모습을 하고 있는가는 중요하지 않았다. 어떤 존재가 나를 따뜻하게 품고 있다는 자체만으로 순간이 가득 채워진 느낌이었다.

잠들기 전에 달은 나지막한 목소리로 이야기를 시작했다. 나를 윽박지른, 자기 자신이 혐오스러워서 벌레처럼 웅크리고 있었다고. 겨우 정신을 차리고 공원으로 와 봤지만 나는 없었다고. 네가 없으니까 불을 켜 놓고 있어도 되게 어둡더라고. 내가 침대를 차지했기 때문에 달은 바닥에서 면 패드와 얇은 이불을 덮고 웅크린 채 잠이 들었다. 그 등을 가만 보고 있자니 저 사람은 태아 때부터 태어날 것을 두려워했을 것만 같은 생각이 들었다. 자궁 속에서 죽을까 봐 겁에 질린 채 작은 손발을 더 꽉 웅크렸던 듯도 했다. 그의 뒷모습을 보고 있으니 혼자 자기를 견딜 수밖에 없는, 존재의 절박함 같은 것이 느껴졌다.

잠결에 나는 붉은 딸기를 고통 없이 순산했다. 그런 줄도 모르고 이리저리 몸을 뒤척이는 바람에 딸기는 으깨졌다. 잠에서 깼을 때는 시트에 묻은 딸기의 피만 보였다. 그랬다. 다음 날 아침 생리혈이 실제로 그런 식으로 생겼다 해도 믿길 만큼 비현실적으로 보였다. 얼른 정신을 차려 핏자국이 묻어 있는 시트를 돌돌 말아 화장실로 가져왔다. 그러다 거울 속 여자아이와 마주 본 순간 우리는 서로 두 눈을 동그랗게 뜨고 말았다. 봉긋 올라온 가슴, 어제보다 손가락 두 마디 정도는 더 커진 키, 조금 더 선명해진 인상. 하루 만에 2차 성징이 나타난 것이다. 그러고 보니 열두 살에 초경을 했지. 육체 나이로만 따지면 하루 만에 나는 열두 살이 된 셈이었다.

두려워 잠 못 드는 아이를 업어 주며 자장가를 불러 주는 남자. 없어진 아이를 찾으러 공원으로 나오고, 아이가 하루 만에 쑥쑥 자라면 새 옷을 사 주고, 용돈도 주는 남자. 오래전, 내가 이 몸뚱이를 가지고 있었을 무렵 아빠는 다른 여자의 남편이 되어 있었다. 엄마는 내가 아역 배우로 유명해져서 아빠 보란 듯이 텔레비전에 나오라고 말했다. 나는 엄마 앞에서 아빠가 보고 싶다는 말을 한 번도 하지 않았다. 그 순간 엄마가 마법처럼 내 곁을 떠날 것 같은 두려움 때문이었다. 혹시 나는 그와 아빠 놀이를 하고 있었던 건 아닌지. 생리대를 사 와 화장실에서 착용하면서 미간을 찌푸렸다. 결핍된 부분을 채워 보려는 나라는 인간의 집착에 진저리가 났던 것이다. 채울 수 없는 것에 미련을 갖지 않으면서 물고기처럼 시간의 물살을 헤쳐 나가면 그만이지. 적어도 나 같은 인간의 삶이 이지러지는 건, 이론을 몰라서가 아니다.

달은 내 몸에 나타난 미묘한 변화를 알아챘을 것이다. 피 묻은 부분을 손으로 급하게 비벼 빨았어도 빨래통에 머쓱하게 담긴 시트를 보고 눈치챘을 것이다. 하지만 그는 그런 건 알아도 티 내면 안 된다고 어디서 배운 것처럼 행동했다. 왜 시트를 담가 놓았느냐고도 묻지 않았으며, 달라고도 안 했는데 용돈을 주었다. 내가 초경을 시작한 바로 그날부터 달은 수지와 교신을 시작했다. 내 손이 닿는 위치에 있어서 그의 휴대전화를 본 적이 있는데, 수지와 통화한 목록이 같은 교복을 입고 줄을 선 학생들처럼 질서 정연하게 나열되어 있었다. 통화는 달이 밖에 있을 때 이루어졌다. 수지는 달의 인생에서 어떤 배역을 맡은 인물일까. 언젠가는 달에게도 애인이 생길 것이다. 책의 다음 페이지처럼 인생에 자연스럽게 펼쳐질 일이다. 달은 연애를 한다면 좋아하는 마음을 그대로 드러낼 것이다. 마음을 가지고 상대방과 저울질하는 그런 유형이 아니다. 나를 향해 보내오는 좋은 감정들이 햇살처럼 투명하게 전달되는 것만 봐도 알 수 있다. 그리고 나는 그런 호의를, 갈 곳 없는 나약한 존재라고 스스로 합리화하며 뻔뻔할 정도로 당연하게 섭취하고 있다. 그런데 달에게 연인이 생긴다면 이 작은 두 다리로 나는 또 어느 집 문을 두드려야 하는 걸까. 수지의 등장으로 미래에 대한 불안이 내 마음속에 자리 잡았다.

"그럼, 원흉은 들쑥날쑥 자라는 건가?"

"몰라. 하지만 어떤 규칙이 있는 건 분명해. 그런데 정말 모르는 거야? 나를 이렇게 만들어 놓고서. 누구 양심인지 몰라도 뻔뻔하네."

"아, 이만 가 봐야겠어."

나 혼자 있을 때 불쑥 나타났다가 사라지는 수상한 고양이. 아이의 눈으로 봤을 때 고양이는 친근한 모습을 하고 있지만 겉모습에 속으면 안 된다. 저것은 고양이가 아니다, 라고 마인드 컨트롤을 했다. 그리고 저것은 타인의 마음을 관리한다. 내 입장에서 생각해 주는 척하지만 실은 고양이 쥐 생각해 주는 배부른 친절에 불과하다. 자신의 주인에게 무슨 일이 닥치면 또 나를 홀릴지도 모른다. 고양이는 나에게 모든 것을 말해 주지 않는다. 그러므로 나 역시 짐작한 것을 다 말해 줄 필요는 없다. 물론 추측에 불과하지만 고양이 아닌 저 고양이는 내가 원래의 몸으로 돌아오는 방법을 알 것이다. 입구를 알면 출구도 아는 법이다. 그러나 내가 원래의 몸을 찾는 일은 고양이에게 그다지 좋은 일이 아닐 것이다. 그래서 고양이는 양심이니 죄의식이니 잘도 둘러대면서 나를 염탐하러 온다. 생리를 시작한 후 나는 어제보다 의심이 많은 열두 살 소녀가 되어 있었다.

기묘한 고양이가 사라진 걸 확인한 후에야 나는 포털 사이트 사전에서 단어 하나를 검색해 보았다.

① 이성의 상대에게 끌려 열렬히 좋아하는 마음 또는 그 마음의 상태. ② 부모나 스승 또는 신이나 윗사람이 자식이나 제자 인간이나 아랫사람을 아끼고 소중히 여기는 마음. ③ 남을 돕고 이해하려는 마음…….

달은 우리의 관계를 세상의 언어로 정의할 수 없다고 했고, 나 역시 그런 줄로만 알았다. 그런데 2번이 나에 대한 그의 마음을 사전적으로 잘 풀이해 주고 있었다. 사랑이 이처럼 손 닿기 쉬운 곳에서 정의되고 있었다니, 허무해서 우습기도 했다. 아무튼 갑자기 자란 두 번의 경우를 떠올려 봤을 때 내 성장의 비밀은 바로 사랑이었다. 좀 더 자세히 말하면, 나는 달의 사랑을 자양분 삼아 자라고 있었다. 달의 마음과 나의 마음이 어느 순간 사랑을 중심으로 일직선이 되어야 한다. 달이 나를 사랑하고 내가 그 마음을 느낀 후 내 몸에서 변화가 나타난다. 그런데 왜 하필 나는 달의 사랑을 받아야만 자라는 거지? 내가 '쥐'라고 외쳤을 때 싸늘하게 변했던 달의 표정이 되살아났다. 회색 쥐들이 뒤엉켜 있던 장면도 떠오르자,

나는 고개를 가로저었다.

"제인은 아역 스타였어. 베이비 제인이라고 불리면서 춤과 노래로 인기를 누렸지. 그런데 어른이 돼서는 주목을 못 받았어. 대신 언니가 스타가 됐지. 그날, 제인은 파티에서 언니 흉내를 내며 사람들을 웃겼어. 그러다 술에 취해 비틀거리며 차를 타러 밖으로 나왔는데, 바로 그 사건이 일어난 거야. 제인이 정신을 차렸을 때 언니는 쓰러져 있었어. 제인은 자기가 술 취해 언니의 차를 박았다고 생각했어. 그 사고로 언니는 척추를 다쳐서 반신불수가 된 거야."

소년은 하룻밤 새 훌쩍 자라 버린 나를 알아보았다. 소년에게 열두 살이란 나이를 알려 주고, 이어폰 한쪽을 건넸다. 젤소미나의 테마를 트럼펫 연주로 들으며, 젤소미나의 심정을 담아 말했다.

"나는 바보 같고 아무짝에도 쓸모없어. 도대체 왜 태어났는지 모르겠어."

소년이 당황한 눈빛으로 내 옆얼굴을 바라보는 게 느껴졌다. 나는 그것이 영화 「길」에서 젤소미나가 한 말이라고 알려 주었다. 젤소미나. 오래된 흑백영화의 여주인공 이름을 발음해 보는 소년. 여름 햇살이 기특하다는 듯 소년의 머리를 쓰다듬었을 때였다. 소년에게 이야기를 들려주고 싶었다. 나를 만나지 못했다면 소년이 몰랐을 수도 있는 그런 이야기를. 여름이 성숙해져 가는 공원에서, 처음으로 들려준 이야기가 줄리에타 마시나가 젤소미나 역으로 나오는 영화 「길」이었다. 다시 만난 오후에는, 아버지가 자살한 후 가족의 생계를 책임지며 무기력하게 하루하루를 살아가는 길버트 그레이프를, 그다음에는 성에서 한 소녀를 위해 얼음을 조각하며 세상에 하얀 눈을 뿌리는 가위손 에드워드 이야기를 들려주었다. 이야기를 들을 때 소년은 긴 속눈썹을 내리깔곤 했다. 타인의 말을 진지하게 듣는 듯 보이는 그 표정이 마음에 들었다. 연약한 빗줄기가 톡톡 대지를 노크하던 저녁, 나는 우산 안에서 베이비 제인 이야기를 하고 있었다.

"제인은 언니를 뒷바라지하며 젊은 시절을 보냈지. 이제 거울을 보면 아역 스타는 없고 주름지고 칙칙한 나이 든 여자가 있었어. 언니를 그렇게 만들었다는 죄책감과 아직도 사람들이 알아보는 스타 언니에 대한 질투. 나이 든 제인은 점점 더 술에 의지하게 돼. 어느 날은 기분이 확 들떴다가 다른 날은 푹 꺼졌다가. 제인의 마음은 불안한 하늘과 같지. 언니가 기르던 새를 죽여서 보여 준 적도 있었어. 언니는 제인을 정신병원에 보내고, 그 집을 팔기로 계획해. 누군가 보기를 바라며 도움을 요청하는 편지를 창밖으로 던져. 그런데 그걸 제인이 줍게 된 거야. 그걸 본 제인은 자기감정을 다스릴 수 없게 돼. 제인한테는 꿈이 있었어. 어린 시절처럼 독무대를 가져 보는 거. 피아니스트를 구해서 집에서 연주를 하게 해. 어릴 적 베이비 제인이 불렀던 노래를 부르는 거야. 피아니스트는 돈을 벌기 위해 어쩔 수 없이 제인을 칭찬하지. 나이 든 여자가 아이처럼 노래 부르는 그 모습이 흉측해 보였는데도. 제인의 그 달콤한 시간을 깨는 건 바로 언니의 호출 벨 소리야. 제인은 언니한테 쥐를 요리해서 내놓고, 나쁜 말을 퍼부어."

"언니가 경찰에 전화를 하면 되잖아."

"이 이야기는 휴대전화가 없었던 1960년대에 벌어진 일이야. 전화는 1층에 있었어. 근데 네 말대로 어느 날 언니는 겨우 1층으로 내려와서 주치의한테 전화를 했어. 자기를 구해 달라고, 제인은 미쳤다고. 현관문 앞에서 제인이 그걸 다 들은 거야. 제인은 전화를 뺏어 들고, 언니 목소리를 똑같이 따라 하면서 도움이 필요 없다고 말해. 그리고 언니를 침대에 묶어 놔. 가정부도 해고하지. 그런데 어느 날 가정부가 제인 몰래 언니를 보러 온 거야."

"제인이 죽였겠네."

"제인이 가정부를 죽인 건 맞아. 그다음 바로 언니를 풀어 줘. 언니한테 이제 어떻게 해야 하느냐고 아이처럼 울먹이지. 언니는 먹지 못해서 비쩍 말라 있어. 그 모습을 피아니스트가 보게 돼. 피아니스트는 늘 칭찬을 해 줬던 사람이잖아. 그 사람이 놀라서 떠나간 거야. 제인은 가정부를 죽인 것보다 이제 자기 곁에 칭찬해 주는 사람이 없다는 게 더 무서워졌어. 결국 제인은 언니와 함께 도망치기로 해. 제인이 언니를 차에 태우고 간 곳은 해변가야. 어릴 적 아버지 앞에서 노래를 불렀던 곳이지. 제인은 다 죽어 가는 언니를 내려놓고, 아이처럼 모래성을 쌓아. 정말 그 시절로 돌아간 것처럼 말이야.”

“마지막에 경찰이 오는 거지?”

“경찰이 오기 전에, 제인은 다 죽어 가는 언니에게 아이스크림을 사 주고 싶어 해. 화해하자는 뜻으로. 그다음에 경찰들이 와. 제인은 이미 정신이 나가서, 자기가 아이라고 믿고 있어. 마지막에 경찰들이 보는 앞에서 많은 사람들에게 사랑받았던 베이비 제인처럼 춤을 춰. 언니 역으로 나온 조안 크로포드와 제인 역 베티 데이비스는 실제로 앙숙이었어. 그래서 연기가 더 실감이 났지. 특히 베이비 제인 역을 맡은 베티 데이비스가 50대가 넘어서 보여 준 연기는 막 무섭고 슬프고 그래.”

정신이 아이 시절에 머물러 있는 여배우와 그 반대의 경우. 어느 쪽이 더 행복한 걸까. 사실 나는 아이처럼 보이지만 아이가 아니라고, 어른이라고 말하고 싶어도 마땅히 내 고백을 들어줄 사람이 없었다.

“나를 봐. 네 눈엔 내가 열두 살 여자아이로 보이지. 그런데 사실 나는 아이가 아닌 거야. 예를 들면 네가 세상에 태어나기도 전에 나는 열두 살이었어. 태어났을 때는 스물한 살이었고. 내 이야기를 믿을 수 있니?”

“아니.”

“그런데 사실이라면 정말 놀라운 거지. 만약에 음, 아직 앞날이 창창한 너한테 이런 말 하기는 좀 그렇지만 네가 죽을 때가 된 거야. 그때 열두 살 적 공원에서 영화 이야기를 들려줬던 그 소녀가 사실은 어른이었다는 걸 알게 되지. 네 인생 마지막에 와서야. 아무튼 그런 게 반전이야. 이 영화에는 마지막에 반전이 있어. 감독이 맨 마지막에 와서야 알려 주는 진실이 하나 있거든. 반전은 이야기로 듣는 게 아니야. 직접 봐야 돼. 혹시 기회가 되면 이 영화 마지막 부분을 같이 보자.”

나는 시시한 농담을 하듯 가볍게 웃었다. 그러자 마음을 꽉 막고 있던 먹구름들이 슬며시 모습을 감춘 듯 속이 시원해졌다. 기네스 펠트로가 부르는 「베티 데이비스 아이즈(Bette Davis eyes)」를, 이어폰을 나누어 끼고 같이 들었다. 1980년대 킴 칸즈라는 가수가 이 노래를 불러 일흔이 넘은 여배우 베티 데이비스를 다시 유명하게 만들어 주었다고, 이 노래 덕분에 사람들은 베티 데이비스의 눈동자를 매력의 상징으로 여긴다고도 알려 주었다.

“너 영화배우가 꿈이야? 여배우 이름을 정확히 알잖아.”

내가 침묵하는 바람에 우산 위를 구르는 빗줄기들의 발소리가 더 또렷하게 들려왔다. 사실 자진 은퇴를 하기 이전 나는 영화 속 주인공이 되고 싶은 꿈을 소심하게 품고 있었다. 스크린으로 진출해 본 적 없는 배우가 남모르게 혹시 누가 눈치채기라도 할까 봐 숨겨 놓은 바람 같은 것이었다.

"기적이 일어나지 않는 한, 내가 영화 주인공이 되는 일은 없을 거야. 어른이 된다 해도 아무도 나를 원하지 않을 테니까. 스타는커녕 가장 낮게 나는 새와 다를 바 없겠지. 그런 새는 자기 그림자나 들여다볼 뿐이야"

"그게 어때서? 어둡고 긴 그림자가 나는 멋져 보이던데."

"열두 살은 그림자도 멋질 나이지. 이제 네 이야기 좀 해 봐."

"내 이야기."

잠시 후 우산 안에서 소년이 작은 입을 열어 이야기 하나를 조심스럽게 들려주었다. 소년은 일곱 살 때 엄마의 영정 사진을 보았다고 했다. 아빠는 플라스틱 제조 공장을 운영했는데, 부도가 나서 자기를 잠시 아동 보호소에 맡겨 둔 거라고.

"그래서 이 공원에 자주 오는 거야. 아빠가 여기에서 말했거든. 연락처도 가르쳐 줄 수 없지만 곧 데리러 오겠다고. 아빠만 돌아오면 난 집으로 돌아갈 수 있어."

혹시 소년의 아빠는 사채업자에게 쫓기는 중이 아닐까? 다른 여자와 살림을 차렸거나 양육 포기 각서를 적었을 수도 있다. 혹은 아들에 대한 그리움과 미안함을 머릿속에 불빛처럼 밝혀 놓고 어디선가 쉴 새 없이 일하고 있을지도 모른다. 구석에 처박힌 보잘것없는 공원이 타인의 마음으로 통하는 입구이자 출구이면서, 누군가에게는 이별과 만남의 장소라니.

"어떤 장소는 변하고 어떤 장소는 영원하고 어떤 장소는 사라지고 어떤 장소는 남아도 한 사람의 인생에는 잊을 수 없는 장소가 있대. 나한테는 이 공원이 잊을 수 없는 장소야. 사실, 나도 이 공원에서 어떤 일을 겪었거든. 5월의 마지막 밤, 나는 혼자 있는 게 두려웠던 것 같아. 누가 같이 있어 주었으면 했어. 그런데 마침 너하고 똑같이 생긴 남자아이가 지나가는 거야. 그리고 그날 난 늘 갖고 다니던 걸 잃어버렸어. 이 공원은 너와 나한테 잊을 수 없는 장소로 남았네."

소년은 긴 속눈썹을 지그시 내리며 사색에 잠긴 듯한 표정을 지었다. 그러더니 아까부터 가슴에 품고 있던 가방에서 슬쩍 『인어 공주』 책을 꺼냈다. 빗줄기가 우산 위를 톡톡 두드리는 가운데 나는 얼결에 동화책을 받아 들었다.

"커플들 사이에 요즘 유행이래. 커플이 나오는 책을 주고받는가 봐. 내용도 바꾼다는데, 뭐 우리가 사귀는 사이는 아니니까 그냥 친구로서 선물하는 거야."

"이 나이에 다시 보는 인어 공주는 어떨지 궁금하다."

소년과 대화를 나누다 보면 공원이 시간과 공간이 뒤틀려 버린 기묘한 장소로 느껴졌다. 20세기에 열두 살이었던 내가 21세기 소년을 만나고 있는 듯한 착각. 하지만 소년과 헤어지면 어깨를 축 늘어뜨린 채 타인의 방으로 가는 현실이 펼쳐진다. 이건 진짜 내 모습이 아니야. 계단을 오를 때마다 생각했다.

여름비가 소심하게 내린 그날 새벽, 내가 뒤척이면서 잠에서 깬 건 단지 빗소리 때문만은 아니었다. 저 빗소리 너머에 내가 본 적 없지만 만나야 하는 어떤 여자가 숨 쉬고 있었다. 달은 잠들기 전에, 이번 주말 내게 특별한 어른 친구를 소개해 주고 싶다고 말했다. 그 친구란 바로 고등학교 교사로 나와 동갑인 서른세 살 수지였다. 만남 자체를 행운으로 생각해야 할 정도로 좋은 사람이라고도 덧붙였다. 내 안에는 거절한다면 쫓겨날 수도 있다는 열두 살 소녀의 마음과 수지를 피하지 않겠다는 어른의 마음이 뒤섞여 있었다.

"저, 조카라고 소개해도 될까?"

"좋을 대로. 진짜 수지가 나타났으니 내 이름도 새로 지어야겠네."

"진짜라니, 그 사람 떠올리면서 부른 거 아니야."

우습게도 불안과 안도가 거의 동시에 느껴졌다. 나를 그녀와 동명이인 열두 살 조카 수지로 소개하라고 했다. 열두 살

육체야 어떻게 불리든 상관없었다. 나는 작은 입을 열어 두 사람은 어떻게 알게 됐느냐고 물었다. 곧 고등학교 때 교생 선생님이었다는 달의 나지막한 목소리가 건너왔다. 다시 그 여자가 첫사랑인 거냐고 물었다. 이제는 그런 의미로 남았지. 달의 목소리가 침대로 기어올라오자 나는 체념하듯 두 눈을 감았다.

토요일 오후 나는 패밀리 레스토랑에서 증명사진에나 어울릴 표정으로 수지 앞에 앉아 있었다. 그녀는 작은 키에 베이비 펌을 하고 있어서 어려 보였는데 말투는 자상했다. 예쁘게 생겼네. 나는 삼촌 친구야. 내 이름도 수지란다. 앞으로 언니하고도 잘 지내자. 그녀라는 이유로 상냥함이 낯설고 불편했다.

"언니라고 부르지 않을 거야. 첫사랑에 실패하지만 않았어도 아이가 있을 나이잖아. 하지만 나를 아이 취급하지는 말아 줬으면 좋겠어. 달한테도 삼촌이라고 부른 적 없어. 수지 씨라고 부를 거야."

나는 테이블을 바라보며 말했다. 무거운 침묵이 감돌 줄 알았는데 그녀는 바로 부드러운 목소리로 부르고 싶은 대로 부르라고 말했다. 두 사람은 바로 며칠 전에도 만났던 사람들처럼 서로를 편하게 대했다. 몇 년 전 섹스 직전에 헤어진 연인답지 않게 말이다. 그녀는 달에게 관심을 집중하면서도 간간이 내게도 말을 걸었다. 나는 대부분 무반응으로 일관했는데 삼촌이 네 얘길 많이 했다는 말에는 가슴에서 무엇이 울컥 치밀어 올랐다.

"부모님이 이혼했어. 그런데 서로 나를 맡기 싫어해. 어쩔 수 없이 달이 나를 돌보는 거야. 그리고 나는 학교도 안 다녀. 내가 등교를 거부하거든. 소아 정신과 의사 말로는 내 정신이 불안하대. 아, 달이 말해 주긴 했구나. 우울증 걸린 고양이. 그게 바로 나야. 이런 얘기도 다 들은 거지?"

달이 옆에서 내뱉은 숨이 내 밑바닥으로 떨어지는 듯했다. 삼촌은 다른 사람 아픈 이야기를 함부로 전하는 사람이 아니니까, 몰랐다는 식으로 그녀가 말했을 때 나는 작은 손을 매만졌다. 그 자리에서 그녀는 달의 특별한 친구이자 연인을 모두 소화할 수 있는 멀티 플레이어처럼 보였다. 그녀는 분위기를 다시 패밀리 레스토랑에 걸맞게 바꾸려고 노력했다. 인터넷에 돌아다닐 법한 유머와 학생들의 일화를 들려주며 마침내 달을 웃게 만들었다.

그러고는 그날 가장 부드러운 목소리로 앞으로 방에 놀러 가도 괜찮겠느냐고 물었다. 내 방도 아닐뿐더러 두 사람 사이에 합의가 됐으니 나한테는 거절할 권리가 없었다.

저녁 식사를 하고 나오니 도시의 하늘은 어두웠다. 하늘의 표정에 무관심한 사람들이 숨 쉬는 번화가에서 나는 실수로

등장한 인물 같았다. 하늘의 어두운 스크린에는 풋풋한 여자 교생이 남자 고등학생과 함께 있는 모습이 투명한 별자리처럼 펼쳐졌다. 내 눈에만 보이는 별자리는 위치를 바꾸더니 섹스하기 직전 알몸으로 있는 남녀의 모습으로 바뀌었다. 그 장면을 박살내듯이 눈을 감았다 떴다. 내 작은 두 다리가 버티고 선 지상에서 몇 발짝 안 되는 거리에 달과 그녀가 마주 보며 서 있었다.

"방 열쇠야. 잘 부탁해."

달은 열쇠고리를 그녀의 약손가락에 반지처럼 끼워 주었다.

나는 여기에 있다.

왜 있는지도, 앞으로 어디로 갈 것인지도 생각할 수 없는 상황. 그저 여기에 있다는 것만 어렴풋이 느끼며 무기력하게 멈추어 있을 뿐이었다. 고장 나지는 않았지만 가치를 인정받지 못하는 20세기의 기계처럼. 달은 여전히 다정했으며 방에 찾아오는 그녀는 첫 만남에서처럼 상냥했다.

내 배역은 유령 역일까.

주말에 함께 요리하는 남녀의 뒷모습을 침대에서 멀거니 감상하는 게 내 일이었다. 그녀는 차로 이것저것 실어 와서, 「중경삼림」의 왕정문처럼 달의 방을 바꿔 놓았다. 가장 먼저 달이 덮고 자는 낡은 이불을 버렸다. 침구 세트와 커튼은 파스텔 느낌이 나는 부드러운 파란색으로 바꾸었다. 머그잔, 마우스패드, 슬리퍼 등 그녀의 손을 타면서 방의 표정이 밝아졌다. 그녀가 달의 방에서 바꾸지 못한 건 바로 나였다. 나는 생기 넘치는 수지와 소통할 수 없었다. 그녀는 머리핀이나 간식, 브라러닝 같은 물건과 열두 살 아이의 수준에 맞는 문제집을 챙겨 왔다. 그녀와 둘이 있을 때 나는 벙어리 소녀처럼 침묵했다. 그녀의 요리는 맛있어서 불쾌했고 혼잣말과 다를 바 없는 그녀의 말은 부드러워서 불편했다. 어느 토요일 오후, 창가 사랑초 옆에 허브 화분을 놓는 그녀의 모습 위로 싱싱한 은빛 햇살이 내려왔다. 나는 절대 당신을 버리지 않습니다. 공원에서 달이 알려 준 꽃말은 다시 옛사랑을 찾아온 그녀에게나 어울렸다. 그녀의 생동감은 사랑하고 있는 자만이 내뿜는 에너지 같은 것이었다.

"너 정말 삼촌만 좋아하는구나? 나를 무시하는 건 상관없는데 삼촌이 얼마나 걱정하는지 아니?"

"그 사람이 나를 걱정한다고?"

"나하고 있을 때 시무룩하고 공부할 의지도 없어 보인다고 하면 삼촌 표정이 어떤지 모르지? 하지만 너한테 부담감을 주기 싫어서 기다리는 거야. 네 삼촌은 그런 사람이야."

"두 사람은 서로에 대해 아주 잘 아네."

처음 본 그 자리에서 거짓말을 한 건 아이와 살고 있는 것을 이해시키기 위해서였다고 둘러댔을 때 달은 말했다. 수지라면, 네가 어떤 이야기를 했어도 들어줬을 거라고. 그러면 당신은 왜 그녀에게 사랑하는 여자와 섹스할 수 없는 남자라고 고백하지 않았지? 하지만 하고 싶은 말을 마음 바닥에 내려놓았다. 이미 이야기를 했을지도 모를 일이었다.

내가 이 세상에 존재하는 방법, 달의 사랑을 느끼는 순간 나는 점프하듯 나이를 먹는다. 내 성장판은 달의 마음과 보이지 않는 탯줄로 연결되어 있었다. 나는 달의 사랑을 받고 있는 사람이라고 어린애처럼 우겨 보아도 줄곧 열두 살에 머물러 있었다. 혼자 있을 때 수상한 고양이조차 나타나지 않았다. 달은 수시로 아르바이트를 하고, 나를 재워 놓은 다음에는 작품을 쓰고, 합평회를 하러 방송국에도 드나들었다. 그의 작품이 어떤 평가를 받는지, 차 피디와는 밖에서 가끔 만나는지 나는 알 수 없었다. 시간은 창밖 잎사귀를 점점 짙은 초록빛으로 물들이고 달과 그녀의 관계를 보다 농밀하게 만들면서 나만 건들지 않았다. 시간의 바깥에서 나는 무력감을 느끼며 우두커니 존재하고 있었다.

"생리할 때 아랫배가 아프진 않니? 그러면 나한테 바로 전화해. 먹고 싶은 게 있거나 놀러 가고 싶을 때도 연락해. 자, 오늘은 나하고 이 문제를 풀어 보지 않을래? 문제 풀었다고 삼촌한테 자랑하고 싶은데, 나한테 그럴 기회 줄 수 있어?"

그녀는 내 앞에 평면도형의 넓이와 둘레 따위를 묻는 문제집을 펼쳐 놓았다. 나는 문제집을 덮어 버렸다.

"수지 씨, 폴 매카트니가 그랬어. 우리는 건축가나 화가나 작가가 되기 위한 공부가 아니라 존재하기 위한 공부를 해야 한다고. 그것으로 충분하다고. 지금 내가 이런 문제 푸는 거 내 인생에 도움 안 돼."

"나하고 사이좋게 지내는 것도 네가 이 방에서 존재하는 방법의 하나일걸? 좋아, 그럼 다른 거 할까? 나한테 궁금한 건 없니?"

"달하고 수지 씨 지금 사귀는 중이야?"

"너하고 나도 지금 인간 대 인간으로 사귀는 중이야."

"수지 씨, 나 안 이상해? 내가 왜 수지 씨라고 부르는지 생각 안 해 봤어? 아니, 나만 빼고 다 이상해. 달도 이상해. 수지 씨도 이상해. 사실 나는……."

그녀는 어설픈 문제아의 변명을 듣는 선생 같았다. 어떻게 보든, 수지 앞에 있는 건 원래 내 모습이 아니었다.

"어른이 싫어. 그래서 어른들이 잡고 있는, 학교 따위는 안 가는 거야. 갈 데도 없고 보호자도 없어. 좋든 싫든 나는 삼촌하고 살아야 해. 삼촌은 외출할 때 언제쯤 올 거라고 말해 주고 나가. 그래도 삼촌이 오기 전까지 불안감에 시달려. 나를 두고 떠났을까 봐. 지금 나는 삼촌 없이는 못 사는 아이니까. 삼촌도 나를 버리고 가면 어떡해? 정신병자라고 생각해도 좋아. 내가 열두 살이 아니라고 생각해. 내 머릿속에서 울리는 말이 있어. 너는 어른이야. 이 사실을 잊으면 안 돼.”

그녀의 마음을 울릴 만큼 내 연기가 대단했던 걸까? 그녀는 내 쪽으로 부드럽게 상체를 기울이더니, 가만히 나를 안아 주었다. 그녀한테서 달콤하면서도 산뜻한 향이 났다. 날선 마음이 누그러지기라도 한 듯 그녀가 조금 친근하게 느껴졌다. 그날 그녀는 내게 자기 이야기를 새끼손가락 손톱만큼 들려주었다. 그런데 잠 못 이루는 밤이면 그녀의 목소리가 내 마음속에서 재생되었다.

“너만 할 적에 나는 혼자 살았으면 좋겠다고 생각했어. 내 편이 없다고 생각했거든. 밤마다 괴물 같은 새아버지가 내 방에 쳐들어와 나를 괴롭히는데, 아무도 와 주지 않는다고 생각해 봐. 학교에서는 차라리 유령이었으면 했어. 아이들도 나를 가만 두지 않았거든. 가장 견디기 어려웠던 것은 나를 괴롭힌 자들이 누군가에게는 친절한 사람들이었다는 거야. 나한테만 그렇게 대하는 것 같았어. 내 몸 어딘가에 이 사람은 함부로 취급해도 괜찮습니다, 라는 표시가 붙어 있는 느낌이었어. 내 눈에는 안 보이는데, 다른 사람들은 단번에 알아보는 거지. 너처럼 나만 정상이라고는 생각하지 못했어. 다른 사람들이 이상하다고 생각했다면 덜 아팠을 텐데. 안 그래?”

계속 떠올리다 보면 그녀가 비밀 얘기를 나누어도 좋을 친구처럼 느껴지기도 했다.

그 후 붉은 보름달이 뜬 밤, 오랜만에 달과 동네를 산책하고 있었다. 그는 두 손을 주머니에 넣고, 좋은 일을 숨기고 있는 사람처럼 미소를 지었다. 그가 무슨 생각을 하는지 나는 알지 못했다. 달도 내가 자기의 손을 흘끔 보며 무엇을 느끼고 있었는지 모를 것이다. 그녀는 내가 보는 앞에서 아무렇지 않게 달의 손에 팔짱을 낀다. 단지 섹스에 실패했다는 이유로 저 손을 뿌리치고 떠났으면서 왜 다시 잡으려고 돌아온 것일까?

"사귀는 사이가 되면 남자는 여자가 더 나이가 많아도 이름으로만 부르나 봐. 수지 씨한테 누나도 아니고 수지라고 부르잖아."

"특별한 친구니까."

맞은편에서 낯익은 얼굴, 소년이 오고 있었다. 수지가 드나들면서 나는 무기력해져서 공원에도 나가지 않았다. 소년은 달과 나를 번갈아보더니 반대편으로 뛰어갔다.

"첫사랑을 뭐라고 생각해?"

달에게 첫사랑의 안부를 물어봤다. 이 여름날에도 마음속에 첫사랑이 숨 쉬고 있는지.

"음, 바닷가 모래에 적은 글씨 같은 거. 그 자리에 돌아왔을 때 글씨는 없어. 글씨를 쓴 그 순간만 기억에 남아 있지.”

“만약에 글씨가 남아 있으면?”

“바람이 불고, 밀물이 들어오고, 다른 사람이 찾아오면 글씨가 남아 있을 수 없어.”

내게는 첫사랑이라고 부를 만한 사람이 없었다. 어른에게 사기당한 아이처럼 헤어진 후 피해자가 된 느낌만 남았다. 내 마지막 연애는 어머니가 요양원에서 암과 싸우고 근근이 단역만 들어오던 시절에 진행되었다. 상대는 아역 배우 시절 선배로, 소형 연예 기획사 실장으로 일하고 있었다. 우리는 초기에 밤마다 전화 통화를 했고 지나서는 코스처럼 잠자리를 가졌고 때로는 다퉜다. 어머니의 장례를 치른 후 그는 나보다 사흘 더 살아 장례를 치르고 죽는 게 소원이라고 했다. 그러나 이틀 후 우리는 말다툼 끝에 헤어졌다. 내가 2년 가까이 은둔 생활을 하는 동안 그는 전화하지 않았다. 그런데 섹스 직전 헤어진 달과 그녀는 제삼자가 보기에 서로를 존중하고 있었다. 두 사람은 그때 끝난 것이 아니라 잠시 정지된 상태에 있었던 것뿐. 내 경우 끝난 연애는 화마가 지나간 자리처럼 폐허 그 자체였다.

공원 구석에서 숨어 우는 매미마저 생명력을 발산하는 여름 저녁, 나는 벤치에 앉아 두 다리 사이에 얼굴을 묻고 있었다. 머릿속이 복잡할 때 가사 없는 음악을 듣는 건 성인이 된 후 생긴 버릇이었다. 글씨나 노랫말은 외워야 하는 대사 같아서 부담스러웠다. 공원에서 이어폰으로 차 피디가 선곡했다던 「달의 마지막 연인」 엔딩 음악 차이코프스키의 「감성적 왈츠」를 들었다. 수지가 돌아온 후 한 달이 다 되어 가도록 나만 제자리였다. 이 세상에 정의되거나 정의되지 않은 사랑 가운데 나한테 맞는 것을 찾아야 했다. 그런데 사랑은 언제 어떻게 시작되는 것일까. 그것을 나는 알 수 없었다. 처음 옆에 있어 주겠다던 달의 고백에 내 마음이 꿈틀 움직였다. 두 번째 달이 나를 안고 가지 말라고 울먹였을 때도 마음이 살아 있는 것 같았다. 감성의 영역에서 그 무엇이 대대적으로 벌어진 느낌, 바로 감동이 아닐까. 소년이 내 귀에서 이어폰 한쪽을 뺐다.

"어제 내가 본 남자가 정말 보호자 맞느냐고 물었잖아."

"아까 말했잖아. 왜 사람 말을 의심해."

그녀와 무슨 사이일 것이라고 추측하는 그 자체가 달의 사랑을 의심하는 것이었다. 의심은 병적인 사랑을 키운다. 달의 사랑을 느끼려면 의심하지 말아야 했다. 비록 나를 속이는 느낌이 들어도, 사랑을 느끼기 위해서라면 달을 믿어야 했다.

"너, 사랑하는 여자가 생기면 그 여자 말이 거짓말 같아도 믿어 줘야 해. 사랑한다는 건 서로의 편이 되어 준다는 거니까. 그러면 네 연인이 감동을 받을 수도 있어. 할 수 있겠니?"

"자꾸 애 취급하지 마. 난 아이도 만들 수 있어."

소년이 파울 클레의 「새로운 천사」처럼 옆으로 시선을 돌렸다. 작은 입에서는 탁하고 굵은 목소리가 튀어나왔다. 소년에게 변성기가 찾아온 소소한 사건은 나를 더 우울하게 만들었다. 나는 그만 자리에서 일어났다. 늦은 저녁 골목길에는 무덥고 습한 어둠이 깔려 있었다. 노랗게 부서지는 가로등 불빛 아래서 소년은 갑자기 어둠이 웅크리고 있는 건물 모서리로 내 손을 잡아끌었다. 그리고 내 눈을 똑바로 바라보다가 갑자기 홱 뒤돌아서 마구 달려갔다. 심호흡을 한 후 달의 창문을 올려다보았다. 달은 아직 돌아오지 않았다. 어둠만이 무슨 일 있냐는 듯 나를 내려다보고 있었다. 어둠이 눈감아 주고 있는 것이 내 눈에는 보이는 듯했다. 지상의 어느 방, 이제 막 키스를 끝낸 남자와 여자가 서로의 몸을 맞대는 장면. 나는 고개를 숙이고 어둠이 입을 벌린 낡은 건물로 들어갔다.

"더 이상 헤어지기 싫다."

그녀는 그의 옆얼굴을 보며 미소를 지었다. 가을이 오면 우리 결혼할까? 이해하는 데 시간이 걸린 것뿐이야. 이제 너를 인정할 수 있어. 토요일 밤 그녀는 그에게 가족이 되자며 프러포즈를 했다. 나는 이리저리 시선을 피하다가 그와 눈이 마주치고 말았다. 눈치 없이 앉아 있지 말고 밖에 나가라는 뜻인지, 아니면 딱히 시선 둘 데가 없어서 내 얼굴을 바라본 것인지 알 수 없는 눈빛. 나는 그가 촬영 현장에서 보여 주었던, 달무리 같은 미소를 지었다. 교사라는 안정된 직업을 가진 수지는 경쟁력을 갖춘 파트너였다. 그의 인생에 실용적인 사람, 반면 나는 소모적인 사람. 눈치 빠른 조카 역할에 충실하기 위해 자리에서 일어났다. 웃는 얼굴로 딱 30분만 공원에서 놀다 오겠다며 밖으로 나왔다.

프러포즈 현장이 엎어지도록 문을 소리 나게 닫았던 것도 같다. 그에게는 달이 뜬 밤, 사랑하는 내가 위험하게 밖으로 나간 것이 더 긴박한 문제일 테니까. 하지만 내 뒤를 바로 따라붙는 그의 발소리 따위는 없었다. 그가 프러포즈를 받아들이는 순간, 나는 산산이 부서지고 피와 살이 허공 속에서 녹아 버려 하나의 물방울로 변한다. 공허한 몸짓으로 허공에 쓸쓸히 내 이름을 쓰다가 사라져 버린다. 이 밤, 허무하게 소멸하는 것이 내 운명이라면 영혼만은 부디 따뜻하고, 포근하고, 빛이 있는 곳으로 데려다 주세요. 누구도 말해 준 적 없는 공포가 마음에 가득 들어차서 제대로 숨을 쉴 수 없었다. 5월의 마지막 밤에 시작된 한여름 밤 잔혹 동화가 7월의 마지막 밤, 끝나 가고 있었다. 내 작은 두 다리는 공원을 향해 위태롭게 달렸다. 나는 소년이 탄 그네 옆에 털썩 주저앉았다. 고개를 숙이자 울음이 왈칵 쏟아졌다. 얼마나 울었는지 모르겠다.

삐거덕, 그넷줄이 공원의 어둠을 천천히 가르는 소리가 비로소 귀에 들어왔다. 나는 부은 눈으로 소년을 바라보았다.

"나한테 이제 내일은 없어. 오늘 밤 물거품이 될 테니까. 남자한테 여자가 생겼어. 그 사람이 프러포즈를 받아들이면 나는 어떻게 되지? 두 사람의 키스가 시작되면 나는 물거품이 될 거야! 무서워. 이건 현실이야. 인어 공주처럼 물거품이 될 거야. 나 사라지기 싫어!"

소년은 그네에서 내려와, 두 손으로 나를 일으켜 세웠다.

"아, 이래서 애들한테는 동화가 독이라니까. 걱정 마. 너는 그냥 불안한 거야."

소년의 작은 두 손이 내 양어깨를 지그시 누르고 있었다.

"그만 울고 내 말 좀 들어. 21세기 인어 공주는 바보처럼 사라지지 않았어. 물거품 되는 것이 마녀의 저주였으니까 물거품만 되면 됐거든. 21세기 인어 공주는 퐁퐁이 돼서 보란 듯이 주방에 있었대. 그릇도 깨끗하게 해 주면서. 두려워하지 마. 우리는 이 시기만 잘 견디면 돼. 조금만 나이를 먹으면 일을 할 수 있잖아. 어디서 들었더라, 해가 뜨기 직전의 새벽이 가장 어두운 거래."

울음을 삼킬 수 있을 정도로 마음이 가라앉았다. 그런데 어두운 공중에 창백한 푸른 달이 보였다. 며칠 전 산책을 나왔을 때도 보름달이 떠 있었는데, 그러니까 내가 보고 있는 건 두 번째 보름달이었다. 뭔가 불길한, 개인의 힘으로 어찌해 볼 도리가 없는 일이 일어날 것만 같았다. 블루문이 뜨는 한여름 밤, 판도라의 상자처럼 꼭꼭 닫아 두었던 마음이 열린다. 숨겨 놓은 질문이 푸르고 시린 달빛을 받아 어둠을 향해 뛰쳐나온다. 이상하지. 왜 하필 달의 사랑을 받으면 자라는 걸까? 사실, 달의 방에 처음 발을 들여놓은 그날 밤부터 이상하게 여겼지. 쥐라는 단어에 민감하게 반응하던 작가를. 내 마음에 솟아오르는 의심과 의문을 잠깐 닫아 두기로 한다. 의심하는 순간 내 성장 에너지, 달의 사랑을 느낄 수 없게 되므로. 블루문은 어둠의 꼭대기에서 짐승의 눈동자처럼 빛나고 있었다. 나는 두 눈을 감았다. 두려움에 떨던 바로 그 순간 소년의 입술이 내 입술로 꽃잎처럼 가볍게 부딪혀 왔다.

눈을 떴다. 소년과 나는 말없이 그네에 앉아 있었다. 소년이 어떤 표정을 지었는지 나는 모른다. 머릿속은 하얗게 비워 둔 채 바닥만 보고 있었으니까. 침묵의 틈새로 나뭇잎마다 초록이 짙어 가는 소리가 들려왔고, 매미는 그 잎사귀 어딘가에 몸을 숨긴 채 아직 살아 있다고 타전해 왔다. 그래서 나도 여전히 인간의 모습으로 숨을 쉬고 있다고 마음속으로 메시지를 전송했다. 혹시 내가 보낸 타전을 신이 받았을지도 모른다. 잠시 후 수지의 차가 골목을 빠져나가는 것이 보였다.

"내가 물방울이 안 되면 내일 또 보자."

소년에게 미소를 보이고 자리에서 일어났다.

불이 꺼져 있어서 두 사람이 외출이라도 한 줄 알았다. 그런데 알루미늄 손잡이는 쉽게 돌아갔고, 안으로 들어가자 예상 밖의 장면이 펼쳐져 있었다. 불을 켜니 달은 내 기척에 더욱 겁을 먹은 듯 고개를 양 무릎 사이에 푹 파묻고 바들바들 떨고 있었다. 태아처럼 침대 옆에 몸을 웅크리고 있었다. 다가갈 수 없었다. 내가 작은 몸으로 떨고 있었을 때 달이 자장가를 들려주던 게 생각났다. 미니 오디오로 비틀스 노래를 들려주었다. 당신을 만나 이름을 모른다고 해도 문제가 되지 않아요. 나는 언제나 똑같이 느낄 테니까. 비틀스의 노래가 방 안을 유영해서 달의 놀란 가슴을 다독여 준 듯했다. 움츠리고 있던 달의 어깨가 살짝 풀렸다. 그제야 달에게 다가갈 수 있었다.

"내가 왔어."

달이 고개를 들더니 내 품에 와락 안겼다. 나는 뒤로 뻗은 손을 개구리 물갈퀴처럼 쫙 펴서 바닥을 짚은 후 가까스로 균형을 잡았다. 어깨로 달의 상체를 밀어내 작은 두 손으로 그의 양어깨를 겨우 잡아 주었다. 나는 심호흡을 크게 했다.

"내 눈동자를 가만 들여다봐. 네 모습이 보이니?"

밀착 맨투맨 연기를 시작하기 전 상대의 눈동자 속에 비친 나를 보던 버릇이 있었다. 그러면 연기가 실제 상황처럼 느껴졌다. 타인의 눈동자에 비친 내 모습 앞에서 거짓말을 할 수 없을 것 같았다. 달의 눈동자에 비친 나. 처음 이 방문을 두드릴 때와는 달리 연약한 모습이 아니었으면 했다.

"자, 이번엔 나를 봐. 너를 바라보고 있는 내가 보이지?"

달은 겁먹은 초식동물처럼 울먹이는 눈을 하고 있었다. 그런데 가만 보고 있으니, 그 눈빛이 멸종 직전 동물의 소리 없는 호소 같기도 했다. 이대로 사라져도 사람들 눈에 전혀 어색하지 않을 사람 둘. 하지만 내 눈앞에서 이 사람이 사라져 버린다면 나는 세상의 모든 불빛과 등 돌리고 암전 속에서 태아처럼 몸을 웅크리고 있어야지. 혼잣말조차 하지 말아야지. 누군가 내가 잠들어 있는 자궁을 톡톡 두드리고 들어오면, 사라져 버린 남자에 대한 이야기를 들려주어야지. 그 순간, 늘 곁에 있어서 미처 생각지도 못했던 사실 하나를 쓰라리게 깨우쳤다. 나는 이 남자 없이는 살 수 없다.

"너는 혼자가 아니야. 이렇게 내가 너를 보고 있잖아. 너한테 무슨 일이 생겼는지, 말해 줄 수 있니?"

나는 두 손을 힘껏 뻗어서 남자를 안아 주었다.

"수지가 돌아간 후 나는 공포를 느꼈어. 사람들이 나를 어디론가 데려갈 것만 같았어. 갑자기 사람들이 이 방에 들이닥쳐서 내 몸을 꽁꽁 묶는 거야. 사람들은 나한테 돌을 던져. 저것은 우리와 다르다. 우리와 다른 것은 무조건 틀린 것이다.

저것은 틀린 인간이다! 나는 광장에서 돌을 맞으며 죽어 가. 슬픈 것은 나는, 나를 인간이라고 생각한다는 거야. 그래서 나는 이렇게 말해. 나는 인간입니다. 나도 두 발로 걷고, 생각을 하고…… 사랑을 합니다."

갑작스럽게 마음을 물들이는 검은 안개. 방금 전까지 두려움에 떨었던 사람으로서 나는 달의 심정을 이해할 수 있었다. 당신이 그녀의 프러포즈를 받아들이는 순간에 나도 사라져 버릴까 봐서 불안해하고 있었어. 어둠의 꼭대기에서 블루 문이 우리 두 사람을 주시하고 있었다. 나는 자리에서 일어나 커튼을 쳤다. 정말 사람들이 혼자 있는 달을 잡으러 올 예정이었는데, 우연히 내가 먼저 도착해 그 일이 불발된 것만 같았다. 어쨌거나 지금은 아무 일도 일어나지 않아 다행이라고 생각했다.

"나는 괴물이야!"

"그런 말 하지 마."

"그 사람이 사라졌는데 너무 잘 지내고 있어."

"……."

"만날 수만 있다면 미안하다고 말하고 싶어. 나 때문에 그 사람이 연기를 포기할까 봐 걱정돼. 나 때문에 그 사람이 떠났는데도 난 잘 지내고 있어. 나란 인간은 이것밖에 안 되는 거야!"

나라는 배우야말로 결국 이것밖에 안 되는 걸까. 달의 눈에 비친 나는 타인 때문에 연기를 포기하는 심약한 배우였단 말이구나. 나는 캐스팅이 되는 순간 비로소 배우라는 것을 인정할 수 있었어. 다른 누군가가 이름을 불러 주어야만 비로소 네, 라고 말하는 연기자.

"그 사람은 어딘가에서 잘살고 있을 거야. 보이지 않는다고 해서 떠난 건 아닐 거야."

달의 앞에 다시 앉아서 나의 안부를 전해 주었다.

"혹시 뭔가를 알고 있어? 그 사람에 대해서?"

달이 내 어깨를 붙잡았다. 아이 역할을 제대로 해야겠다고 마음먹었다.

"인어 공주는 물거품이 됐을 뿐, 사라지지 않았어. 인어 다리를 가진 인어 공주, 다리를 가진 인어 공주, 물거품으로 변한 인어 공주. 모두 인어 공주잖아. 모습이 바뀐 거지."

나 자신을 불쌍히 여기지 말아야지, 나를 동정하기 시작하면 살아갈 수 없다며 도시의 변두리에서 버텨 왔지만 실은 나 역시 위로가 필요한 불완전한 인간일 뿐이었다. 블루문이 뜨는 밤에는, 어느 나약한 인간이 자기 자신을 불쌍히 여기며 울어도 상관없다고 생각했다. 왜 이 남자 앞에서 내가 누구인지 밝히지 못하는 것일까. 이 기묘한 배역에 동화되어 매소드 연기를 하듯이 나는 진심으로 울기 시작했다.

"울지 마."

한여름 밤, 사라지는 게 두려웠던 인간 둘이 교대로 서로를 위로하는 우스운 상황이 펼쳐졌다. 나도 이 남자도 신의 손장난에 의해 생긴 존재가 아닐까. 우리가 그렇게 만들어진 등장인물이라고 하더라도 함께 사라져 간다면 쓸쓸하지 않을 것 같았다.

그날 밤 나는 꿈과 현실의 미묘한 경계에서 변화를 실감했다. 몸속에서 일어나는 초자연적인 현상. 생명의 흐름과도 같은 에너지가 내 몸 구석구석을 누비고 다닌다. 나뭇잎이 나오듯, 꽃봉오리가 열리듯 본능적인 눈뜸. 성장 호르몬이 약진하는 밤, 잃어버린 시간이 돌아와서 몸을 휘감고 있었다. 말하고 사색하는 것조차 무의미해지는 순간. 감각만이 깨어 있다. 성장 에너지를 뼛속 깊이 느끼며 나는 호흡하고 있었다. 그리고 감각적으로 나는 상황을 이해했다. 어른의 육체가 막 완성되었음을, 5월의 마지막 밤 잃어버렸던 내 모습이 돌아왔음을. 푸른 어둠 속에서 두 눈을 떴다. 내 눈이 보는 것은 바로 잃어버렸던 내 모습. 주머니에는 휴대전화와 지갑이 들어 있었다. 처음 인간의 다리로 걸어 본 인어 공주처럼 나는 천천히 창가로 다가갔다. 커튼을 살짝 열었다가 블루문과 눈이 마주쳤다. 다시 커튼을 내렸다. 그리고 바닥에 웅크린 채 잠들어 있는 한 남자를 가만히 바라보았다.

나를 어른으로 돌려놓은 에너지는 뭐지? 어느 날 당신이 낯선 사람들한테 끌려갈지도 모른다고 생각하자, 내가 사라지는 것보다 더 두려워졌어. 처음에는 아이의 몸으로 어떻게 살아가야 할지 몰라 막막했어. 그러나 그런 일이 일어나도 나는 어떻게든 살아가게 되었지. 나라는 배우가 사라진 현실에서 당신 또한 잘살고 있듯이. 그러나 당신이 사라진 나를 생각하며 눈물을 흘렸듯이 나도 가엾은 당신을 위해 울었어. 당신이 누군가에게 끌려가서 돌아오지 않는 것보다 차라리 내가 사라지는 편이 나을 거라고까지 생각했어. 당신이 나를 당신 이상으로 생각하고, 내가 당신을 나 이상으로 생각한 순간 마법이 풀린 걸까.

꿈이 현실로 펼쳐진 푸른 밤. 고개 숙여 남자의 입술에 입을 맞췄다. 동화 속의 주인공처럼 남자는 눈을 떴다. 창백하고도 푸른 달빛 아래서 나를 바라보는 남자의 눈동자. 언어가 나오는 순간 이 모든 것이 꿈처럼 사라질 것만 같아서 나는 남자의 입에서 언어가 나오지 못하도록 키스했다. 성장 에너지가 몸 안에 가득 들어차 있는 밤, 남자에게 고백하고 싶었다. 내가 비록 완벽한 인간은 아니지만 당신 앞에서는 완벽한 여자가 될 수 있다고. 이 순간만은 당신에게 만월 같은 존재가 되고 싶다고. 눈으로 주고받는 메시지. 나는 선악과를 한입 베어 물기 전 불안하고 달뜬 이브의 눈빛으로 남자를 내려다보았다. 남자는 내 꿈속에 들어온 것처럼 무기력하게 나의 손길에 몸을 맡겼다. 정말 꿈이라고 여긴 걸까? 현실이 아니라서 두려움 없이 키스하고 두 손으로 내 허리를 감싸 안을 수 있었던 걸까. 남자는 나를 받아들였다. 우리는 에덴에서 처음 몸을 섞는 아담과 이브처럼 부끄러워하지 않았다. 그런데 남자가 옆으로 시선을 피했다.

"자꾸 가슴이 두근거리는 게 어쩐지 불안해. 할 수 없어요. 나 같은 놈 때문에 악몽을 꾸면 어떡해요. 나를 혐오하게 될지도 몰라요. 그리고 이 꿈에서도 떠나겠죠."

나는 남자의 머리카락을 쓰다듬으며 절대 그런 일은 없을 거라고 말했다. 네가 내 마지막 연인처럼 느껴져. 남자의 귓불에 대고 나는 나지막이 속삭였다. 그러자 남자는 부드럽게 내 위로 올라왔다. 나는 두 눈을 감았다. 남자가 내 안으로, 여자의 입구로 남자로서 들어왔다. 그런데 받아들일 수 없는 날카로운 그 무엇이 들어온 것 같은 이물감이 엄습했다. 동물의 짧은 털처럼 까끌까끌한 것이 피부에 닿은 순간 온몸을 관통하는 전율이 느껴졌다. 눈을 뜬 것과 동시에 나는 비명을 질렀다. 그것은 내 비명에 놀라 스스로 내 몸 위에서 내려온 것 같았다. 내가 더 이상 비명을 지르지 않은 것은, 그것이 침대 아래에 웅크리고 있었기 때문이다. 그것은 성인 남자만 한 회색 쥐였다. 아니, 회색 괴물처럼 보였다. 나는 떨리는 손으로 옷을 집어 들었다. 스르륵, 회색 괴물의 기척이 느껴졌다. 돌아보니 그것의 앞발과 뒷발 네 개가 나를 향해 다가오고 있었다. 나는 현관 앞으로 도망쳐서 옷을 입기 시작했다. 그러자 그것도 방향을 틀어 네 발을 움직였다. 두 손이 바들바들 떨려서 브래지어 후크를 채울 수 없었다. 그것과 나는 어느새 가까워져 있었다.

"꺼져! 이 괴물아."

그것이 나를 덮치려고 할 때, 아니 나를 덮칠 것만 같았던 그 순간에 나는 칼을 집어 들었다. 두 눈을 꼭 감은 채 그것의 몸 어딘가를 날카롭게 그었다. 손에서 힘이 빠져나갔다. 나는 겨우 칼을 바닥에 내려놓았다. 그것은 아픔을 이기지 못해 몸부림치면서 방바닥 여기저기를 구르고 있었다. 그러나 자신의 존재를 외부에 알리지 않으려는 듯 비명만은 지르지 않았다. 그러나 그것이 내뱉는 절규와도 같은 신음이 내 귀에 유리 조각처럼 박혔다. 가까스로 옷을 입고 밖으로 나와, 떨리는 손으로 구멍에 열쇠를 꽂아 문을 잠갔다. 필사적으로 계단을 내려오면서 주머니에 내 방 열쇠가 들어 있는지 확인했다. 있었다.

나는 인간입니다. 나도 두 발로 걷고, 생각을 하고…… 사랑을 합니다. 문득 달의 목소리가 기억 속에서 되살아났다.

그러나 방금 그것은 인간이 아니라 커다란 쥐, 괴물이었다. 계단을 오를 때는 달의 방을 찾아가던 여자아이의 모습이 떠올랐다. 잠 못 드는 밤 달과 나누었던 속삭임도, 마음속 어디에선가 들려왔다.

"왜 신이 아담과 이브에게 선악과를 못 먹게 했는지 알아? 아담과 이브의 영혼은 아이였거든. 두 아이는 벗고 있어도 부끄럽지 않았던 거야. 에덴동산에 어른은 신밖에 없었어. 신은 인간에게 영원한 천국을 주고 싶었어. 그러려면 인간은 영원한 아이로 남아 있어야 했지. 에덴은 아이들의 천국이었어. 그래서 신은 아이들에게 겁을 주면서 선악과를 못 먹게 한 거야. 선악과는 사실 성장 호르몬이었거든. 선악과를 먹으면 아담과 이브는 어른이 될 테니까."

달은 나직한 목소리로 내 말을 이어 나갔다.

"아이였던 아담과 이브는 신을 완벽한 어른이라고 생각했어. 그러나 선악과를 먹은 후 아담과 이브는 어른으로 성장했고, 어른의 눈으로 신을 보기 시작한 거야. 신의 완벽함 가운데서 완벽하지 않은 부분을 보기 시작한 거지. 그래서 신은 아담과 이브를 추방할 수밖에 없었어. '완벽함'은 바로 신의 정체성이었거든. 자기 자신을 지키고자 하는 것은 신이든 인간이든 존재하는 모든 것들의 본능이니까."

최초의 살인자처럼 도망치면서 나는 칼을 쥐었던 오른손을 바라보았다. 날 그렇게 만든 것은 바로 쥐, 너야. 마음속으로 외치며 계단을 오를 때 내 손과 발은 차츰차츰 작아졌다. 방 앞에 왔을 때는 도로 열두 살의 몸이 되어 있었다. 밖으로 나오자 어둠 속에서 양편에 있는 두 건물이 나를 향해 다가올 것 같았다. 마치 본능에 이끌린 듯 나는 다시 그 방으로 가는 계단을 오르고 있었다. 쥐가 튀어나올 것 같은 문에 시선이 닿은 후에야 나는 위로 도망쳤다. 옥상 난간에 웅크린 채 의뭉스러운 어둠을 바라보았다. 혹시 그의 말처럼 제복을 입은 사람들이 그를 잡으러 저 어둠의 끝에서 오고 있는 건 아닌지. 그리고 그날의 빗소리가, 마음으로 흘러 성인만 한 쥐를 본 충격을 서서히 흐릿하게 만들고 있었다. 만일 내가 나타나지 않았더라면 그는 저 바닥에 몸을 던졌을까. 구급차가 푸른 경광등을 비추며 골목 안으로 들어오자 나는 바로 고개를 숙였다. 저것은 틀린 인간이다. 제복을 입은 남자들이 나를 체포하러 올 것만 같아서 어둠의 일부인 듯 더욱 몸을 작게 움츠렸다. 30분 가까이 아무 일도 일어나지 않자, 비로소 그 방 손잡이에 조심스레 손을 갖다 댈 수 있었다. 알루미늄 감촉이 소름 끼칠 정도로 차갑게 느껴졌다. 그는 방을 빠져나가면서 환하게 불을 밝혀 놓았다. 형광등 아래 그의 메시지가 적힌 노트 한 장이 있었다. "어디에 있니? 혹시 네가

끔찍한 것을 본 건 아닐까 걱정이 돼. 이 글을 본다면 기다려 줄래. 수지가 도착할 거야. 나는 괜찮아." 메모까지 남긴 걸 보면 쥐는 인간으로 바로 변신한 모양이었다. 수지, 그녀는 그가 구원을 요청할 수 있는 유일한 사람이었다. 그리고 그녀는 나보다 먼저 괴물 같은 쥐를 목격했을 것이다. 침대 위로 올라가 다리 사이에 얼굴을 묻고 죽은 듯 가만히 있었다. 그러고 있는데, 그 무엇이 부드러운 목소리로 말을 걸었다.

"원흉, 여기 있었구나. 내 주인이 많이 걱정하고 있어."

손을 뻗으면 수염이 닿을 거리에 수상한 고양이가 다소곳이 앉아 있었다. 이제, 수상한 고양이가 누구의 마음을 관리하는지 확실히 알 수 있었다. 고양이 역시 내가 누구에게 흉기를 휘둘렀는지 알았을 것이다.

"왜 내가 도로 아이가 된 거지?"

"모르겠어. 하지만 믿어 봐. 기적은 자연스럽게 이루어질 거야. 원흉이 내 주인의 마음속에 들어온 것처럼."

"선택을 잘못했어. 네 주인의 첫사랑을 데려갔어야지. 그녀라면 쥐 소굴에 왔어도 두려워하지 않았겠지."

"하루에도 수많은 사람들이 태어나고 또 그만큼 죽어. 그런데 이 사람이라면 나를 살려 줄 수 있을 텐데, 이런 생각을 하며 죽어 가는 사람이 얼마나 될까? 때마침 그 상대가 죽어 가는 사람을 떠올리고 있을 확률은? 인간이 태어날 확률보다도 적어. 살고 싶다. 그 사람이라면 나를. 5월의 마지막 날, 내 주인의 마지막 의식이었어. 원흉은 내 주인의 마음속에 자연스럽게 들어온 거야. 원흉이 내 주인을 떠올리지 않았더라면 나는 원흉과 대화할 수 없었을 테니까."

수상한 고양이가 말하기를 5월의 마지막 밤 내가 남자를 떠올렸기 때문에 고양이가 말을 거는 사건이 발생했다고 한다. 비록 삶이 의도하지 않은 방향으로 흐르더라도 반 이상 자기가 책임을 져야 한다는 그런 논리였다. 5월의 마지막 밤 공원에서 그는 내가 혼자 캔 맥주를 마시는 모습을 지켜봤으리라. 그다음, 방으로 돌아와 깊은 잠에 빠지는 약물을 다량으로 복용했을 수도 있다. 내가 노크했을 때 그는 깨어나 문을 열어 준 것이다. 첫날 그가 헛구역질을 해 대고, 비틀거리던 모습이 떠올랐다.

"죄책감 때문이라면 앞으로 안 와도 돼. 오늘 밤에 나도 네 주인한테 잘못을 했어. 가서 그 사람 마음을 잘 다독여 줘."

수상한 고양이는 무언가를 생각하는 듯 가만히 있었다. 그러더니 앞발을 살랑살랑 흔들어 보이고는 웃는 얼굴로 사라졌다. 앨리스가 바라본 체서 고양이의 표정이 저렇지 않았을까, 하는 생각을 내 머릿속에 남긴 채. 수지가 들어올 때까지 나는 양 무릎 사이에 얼굴을 묻고 있었다. 참으려고 해도 눈물이 찔끔 고였다. 수지가 나를 품에 안았을 때는 하마터면

울어 버릴 뻔했다. 놀랐지. 괜찮아. 삼촌도 무사해.

너는 무엇을 봤니.

그녀의 방에서 심문을 받는 느낌이었다. 처음에는 그녀의 질문에 어떤 대답도 할 수 없었다. 그녀에게 들은 바에 따르면 그는 응급실에서 상처를 봉합했지만 최소한 일주일 정도 입원해서 안정을 취해야 했다. 쥐의 어느 부분에 칼을 휘둘렀는지 몰랐는데, 목에 상처를 입었다고 한다. 내 어두운 표정을 살피며 그녀는 걱정하지 말라고 했다. 직접 119에 전화를 걸어 도움을 요청했을 정도로 그는 괜찮았다고. 다음 날 오후 그녀의 원룸에 혼자 남아, 달의 노트를 읽었다. 그녀가 내 짐을 간단히 챙기는 동안 나는 두 번째 서랍에서 두꺼운 스프링 노트를 가져왔다. 내가 보고 들은 것 외에 다른 무엇이 기록되어 있을 것만 같았다.

"사랑받기 위해 태어나는 건 아니다." 처음 이 문장이 눈에 들어온 순간 가슴이 꿈틀댔다. 그는 변두리에서 행인 1처럼 보이는 내가 배우라는 것을 알아보았다. 마트 계산대에서 내 옆에 우연히 서 있었고, 공원에서 혼자 캔 맥주를 마시던 나를 바로 옆 벤치에서 지켜보았으며, 원룸 건물 안으로 들어가는 내 뒷모습을 바라보기도 했다. 그는 계절이 두 번 지나가는 동안 늘 어두운 표정으로 혼자 있는 나를 지켜보았다.

배우는 카메라 앞에 설 때 생명력을 얻는다고 여기며 드라마가 당선이 되면 내가 주연으로 나오기를 바란다고도 썼다. 차 피디에게 나를 추천한 것은 바로 그였다. 촬영을 시작한 후에도 몇 발짝 뒤에서 지켜보던 게 습관이 되어 그는 내 옆에 서거나 앞서 가지 못했다. 내가 이상한 애드리브를 한 날, 그는 기대를 갖는 자신이 불안하고 혐오스럽다고 했다. 하지만 결국 헛된 기대임을 알았을 때 그는 더 이상 살아갈 자신이 없다고 썼다. 내가 아이의 모습으로 온 후 그는 새 작품 「새로운 천사」의 시놉시스를 쓰기 시작했다. 몇 장을 더 보다가 나는 무기력하게 침대에 누웠다.

어른이면서 아이인 인간. 쥐의 몰골과 소년의 얼굴을 가진 인간. 열병에 걸린 아이처럼 이리저리 몸을 뒤척이며 괴로워하다가 잠이 들었다. 나를 깨운 것은 내 목소리였다. 당신이 쥐라면 나는 쥐를 사랑하는 여자가 되겠어요. 당신이라는 이유로. 눈을 떠 보니, 수지가 단막극 「달의 마지막 연인」 DVD를 보고 있었다. 내가 2년의 공백기를 깨고 성인 역할로 첫 주연을 맡은 드라마이자 스물일곱 살 남자를 작가로 데뷔시킨 작품. 사랑하는 서로에게 다가가기를 원할수록 멀어져야만 하는 연인이 있다. 연애만 하면 상대방에게 안 좋은 일이 생겨서 이러지도 저러지도 못하는 불운한 그 남자와 그 여자의 연애. 처음 만난 자리에서 그녀는 그가 쓴 드라마를 인상 깊게 봤다고 했다. 혼자 반복해서 볼 만큼 여주인공의 고백 장면이 특별하게 다가온 것이겠지. 남자가 오직 한 명의 여인이 듣기를 바라며 쓴 대사라고 여겼을 것이다. 그녀가 내 기척을 알아채고 리모컨으로 화면을 껐다.

"어른들은 거짓말이 심해. 어떻게 쥐를 사랑할 수가 있어?"

그녀는 미소로 대답을 대신했다. 모든 것을 용서할 것 같은 목소리로 저녁 먹어야지, 라고 말했다. 그랬다. 순간 내 행동을 고백하고 싶어졌다. 그가 막 인간으로 돌아왔을 때가 바로 진실을 말할 시기는 아니었을까. 병원에 누워 있는 그에게 털어놓았더라면 이야기는 어떻게 흘러갔을까. 하지만 그녀의 목소리를 듣자 나는 다시 침묵했다. 잠자리에 들어서야 겨우 입을 열었다.

"수지 씨, 나는 달이 왜 다쳤는지 알아."

"결국 다 본 거구나. 자다가 많이 놀랐지. 약속했어. 삼촌, 다시는 자기 몸에 그런 짓 안 하겠다고. 정신을 차렸을 때 네가 안 보여서 걱정이 됐대. 몸 아픈 것보다 네가 더 신경 쓰이나 봐. 도대체 네가 어디까지 봤는지 모르겠다면서."

"설마 자기가 자기를 찔렀다고 말한 거야?"

"제정신이 아니었대. 다시는 안 그럴 거야."

"거짓말해서 미안해. 사실 나 못 봤어. 신음 소리가 나서 자다가 깼는데, 달이 웅크린 채 아파하고 있었어. 그런데 목에서 피가 나서 도망친 거야. 나는 그냥 놀라고 무서웠어."

그녀는 거짓말까지도 믿어 주겠다는 듯이 나를 안아 주었다. 혼란스러운 가운데 흩어져 있던 퍼즐이 제자리를 찾아가고 있었다. 그는 공원에서 말하길 사랑하는 여자를 안으면 자기가 불완전한 인간이라는 것이 드러난다고 했다. 사랑하는 여자와 섹스하면 쥐로 변하는 것이 음침하고 고독한 그의 비밀인 걸까? 그는 호르몬의 악의 없는 장난을 사랑이라고 오해하고 있는 건 아닐까? 이런 의문들 사이로 선명한 예감 하나가 고개를 내밀었다. 그는 나보다 첫 번째 연인을 더 사랑하고 있을 것이다. 상처의 쓰라림을 느끼며 수지에게 전화한 순간, 첫 번째 연인의 소중함을 깨달았을 테니까. 한밤중에 메시지 도착을 알리는 소리가 들렸다. 그녀는 잠들어 있었다. 하는 수 없이 내 작은 손이 먼저 화장대에 있는 휴대전화를 집었다. 나는 쥐야……. 액정 화면을 보고 있는데, 그녀의 돌아눕는 기척이 느껴졌다. 자다 깬 척 느리고 갈라진 목소리로 그녀에게 말했다. 메시지 알람 때문에 깼어. 그녀는 문자 메시지를 확인해 보더니, 잠깐만 나갔다 온다고 속삭였다. 크레졸 냄새가 나는 병원에서 그도 잠을 못 이루고 내 정체에 대해 고민했을지도 모른다. 그러다 답을 얻지 못하자 결국 화살을 자기에게로 돌려 버린 것이 아닐까. 인간이기도 해. 어둠 속에서 중얼거려 보았다. 그녀는 15분쯤 있다가 돌아왔다. 나는 얼른 두 눈을 감고 숨소리를 냈다.

"안 자는 거 다 알아. 통화가 조금 길어졌어. 혼자 무서웠지? 겁날 때는 어른한테 기대도 된단다. 이 애늙은이야."

"수지 씨!"

나는 몸을 일으켜 앉았다.

"이 순간만큼은 나를 어른이라고 생각하고 대답해 줘. 달이 마지막 연인이라고 생각해?"

"운명처럼 느껴지는 사람이지. 이 사람이 아니면 안 되는 거야. 삼촌은 내게 그런 상대야. 너도 나중에 그런 사람을 만나게 될 거야."

운명이란 말을 들은 후 나는 도로 무기력하게 누웠다. 오래전, 그녀는 달의 이면을 처음 본 후 너무 놀란 나머지 떠났는지도 모른다. 하지만 그의 부재는 존재의 다른 이름에 지나지 않았고, 결국 그녀는 책임감을 안고 돌아왔다. 내 역할은 두 연인을 재회하도록 만들어 주는 것이었을까? 내가 사라지면, 연인은 남들 보기에 이 사회의 평범한 구성원으로 잘살아갈 것이다. 타인의 방에서 나는 문득 섹스 못하는 쥐처럼 쓸쓸해졌다.

그 사람이 퇴원하는 날, 나는 심약한 피의자처럼 불안하고 경직된 모습으로 병실에 서 있었다. 그의 선고를 받아들일 수밖에 없다는 듯이. 그 전에 내가 그에게 선고를 내리는 게 순서가 맞을 것 같았다. 상처는 무서울 정도로 정확하게, 그날 밤 칼날이 지나간 자국 그대로 남아 있었다. 한 번 그 상처와 마주친 후 나는 고개를 들 수 없었다. 그가 다가오자, 정체가 드러나기 직전의 스파이처럼 긴장이 됐다. 그는 나를 가만히 안아 주었다. 내 가슴이 미묘한 박자로 두근거렸다. 열두 살의 내가 없어진 것과 어른인 내가 나타난 것을 그는 어떻게 받아들였을까. 달은 아무 일 없다는 듯 나를 대했다. 퇴원하는 날, 젊은 아빠처럼 미소 지으며 파울 클레 전시회에 같이 가자고 했다.

나는 너에게 어떤 존재인 걸까? 미술관 안에서 두 사람의 뒤를 그림자처럼 따라다니면서 속으로 달에게 물었다. 글자에 색을 칠한 후 분해하고 재배열해 놓은 듯한 그림 앞에서는 급기야 내가 누구인지조차 모를 정도로 혼란스러웠다. 한 발짝이라도 움직이면 카드 탑이 와르르 무너지듯 눈물이 쏟아져 나올 것만 같은 기분으로 서 있을 때였다. 그리고 아, 나를 더욱 쓰라리게 하는 것은 당신이 내가 가슴속으로 어떻게 느끼고 있는지를 모른다는 겁니다. 달이 어느새 옆에 와서 이상한 그림의 제목을 발음했다. 소년처럼 연약한 그 목소리는 위태롭게 중심을 잡고 있던 내 안의 무언가를 툭 건드려 버렸다.

"침묵은 긍정으로 받아들여도 되는 거야? 결혼식은 가을에 하고 싶어. 올해든 내년이든."

그날 저녁 돌아오는 차 안에서 그녀가 물었다. 두 사람이 결혼하면 정말 나는 물방울로 변할까. 세상사에 지친 노인처럼 눈을 감고 뒷좌석에서 잠자는 척했지만 내 머릿속은 혼란스러웠다.

"만약 그날 밤 일이 일어나지 않았더라면."

그는 혼잣말처럼 말했다. 두 사람 사이에는 아직 끝나지 않은 이야기가 있었다. 다음 이야기는 내가 없을 때 시작될 터였다. 건물 앞에서 나는 잠깐 친구를 만나러 간다고 말했다. 그가 대답할 겨를도 없이 공원 쪽으로 달려갔다. 창문에 연노란 불빛이 들어찬 것을 보고, 계단을 조용히 올라와 내벽에 바싹 붙어 섰다.

"드라마를 해피엔딩으로 끝낸 건 그냥 내 꿈 같은 거였어. 신이 내 운명의 상대를 만들어 놓았기를 바라면서. 물론, 그럴 일은 없다고 생각했지. 그런데 수지 역을 맡은 배우가 쥐를 사랑하겠다는 대사를 한 그 순간부터였지. 스치는 바람 같은 말에 가슴이 두근거리는 내가 너무 혐오스러웠어. 그런데도 그 사람이라면 나를 구원해 줄지도 모른다는 기대가 자꾸 생기는 거야. 계속 연락하고 싶다고 했는데, 거절당했어. 그 사람은 떠났어. 연락도 안 돼. 그런데 꿈속에서 그 사람이 내 몸 위에서 나를 보고 있었어. 꿈이니까, 연인처럼 사랑할 수 있다고 생각했어. 그런데 쥐로 변한 거야. 그날 밤 정신을 차렸을 때 나는 목에 상처를 입었어. 분명 그 사람은 없는데, 내 목에는 상처가 나 있었어. 꿈과 현실이 뒤섞인 것처럼 혼란스러웠어. 결국 이 상처를 만든 건 나야. 헛된 기대를 품은 쓰라린 대가지."

그녀는 이야기했다. 헤어진 후 그와 실패한 그것을 다른 남자와 해 보았다고. 어린 시절의 트라우마와 그와 실패한 경험 때문에 행위를 못 할 줄 알았는데, 가능했다고. 계절이 바뀌듯이 다른 남자들과 만나고 헤어졌지만 추억의 끝에는 현실에서 도망치려는 그녀에게 비틀스 노래를 들려주며 혼자가 아니라고 말해 주던 그가 있었다고. 그것은 그녀가 처음으로 받은 생일 꽃다발처럼 뭉클한 위로였다고. 그녀는 그가 어떤 모습이든 상관없다고 했다.

"나 사랑하는 사람을 안으면 쥐로 변해. 왜 그런지는 몰라. 내 마음속에는 대체 무엇이 있는 걸까. 나도 나를 모르겠어. 왜 자꾸 그 사람 얘기를 하는지. 그 사람은 보이지 않아. 그런데 그 사람이 느껴져. 쓸쓸하지 않아."

나는 옥상으로 올라와 버렸다. 그는 돌아와 준 첫 번째 연인이 얼마나 성숙하고 소중한 사람인지를 깨닫게 될 것이다. 아니더라도 그는 우리가 처음 사랑이라고 부르는 두근거리는 감정이 사실은 햇빛에 반사되었다가 사라지는 물거품 같은 것이라고 생각할 것이다. 사랑의 호르몬이 잠잠해지면 저주가

풀리는 남자. 내일 그 남자의 곁을 떠날 수 있기를 바랐다. 그가 나를 사랑한다는 사실을 알았으니, 내일이면 어른의 모습으로 깨어날지도 모른다고. 불확실한 희망을 가슴에 품은 후 좀처럼 잠이 오지 않았다. 혹시 그녀의 상처 받은 마음이 내 성장을 방해한 걸까? 사랑을 확인받았다고 생각했는데, 다음 날 나는 열두 살이었다.

전시회를 본 날, 물 위에 누운 가로등 불빛을 보다가 문득 그런 생각이 들었다. 어른 나와 지금의 나는 같은 사람이다. 비록 달이 그 사실을 몰라도 몸은 느끼지 않을까? 그는 나와 섹스를 하면 쥐로 변할 것이다. 나도 어른으로 돌아올지도 모른다. 달의 비밀을 엿들은 후 이 계획이 그럴 듯하게 느껴졌다. 쥐로 변한 그는, 내가 바로 수지 역의 여배우라는 것을 알게 되겠지. 다른 사람에게서 내 존재를 인정받았으니 나도 어른으로 돌아오지 않을까? 회색 털로 뒤덮인 성인 남자만 한 쥐가 막 2차 성징이 나타난 소녀의 몸 위로 올라오는 장면은 상상만 해도 소름 끼쳤다. 하지만 살아가기 위한, 단 한 번의 연기라고 생각하면 못 할 것도 없었다. 연기자한테는 섹스도 액션이니까. 내가 이 실험을 해 보기로 마음먹었을 때 그는 하얀 가로등 불빛 아래서 비틀스의 노래를 불렀을지도 모른다. 노래는 우주를 가로질러 화성을 탐사하는 고독한 기계 연인 오퍼튜니티와 스피릿의 귀로 날아든다. 어두운 공원에서 아버지를 기다리는 한 소년의 어깨를 토닥이고, 어른이 되고 싶어 달뜬 열두 살 소녀의 옆에 슬며시 눕는다. 노래가 밤새 머무른 곳은 첫사랑에게 상처 받은 그녀의 옆자리다. 노래는 돌아온 연인처럼 그녀를 부드럽게 포옹해 준다. 그리하여 그녀가 마음을 풀고 내일 찾아가 봐야겠다고 결심한 바로 그 즈음, 나는 달의 옆에 누워 있었다. 달은 첫 번째 연인에게 비틀스 노래를 불러 주고 온 것처럼 선한 표정으로 잠들어 있었다. 귓불 근처에 가만 얼굴을 갖다 대니, 달콤한 술 향기가 내 뺨을 매만진다. 얼굴이 달아올라서 뒤로 물러났다가 호기심을 참지 못하는 어린 프시케처럼 다시 다가간다. 그러니까, 그날 밤은 내가 소녀에서 여자가 될 수 있는 기회였다. 어둠 속에서 상처 가까이 얼굴을 들이밀 정도로 나는 뻔뻔해져 있었다.

그런데 나, 너무 연기를 쉽게 생각한 건 아닐까?

이 남자와 잘 때 혹시라도 어른으로 변하지 않으면 어쩌지? 또 이 남자가 쥐로 변하지 않으면? 남자의 심장 근처에 조심스레 손끝을 갖다 댔다. 징그러우면서도 아름답고 연약한 타인의 마음속. 남자와의 섹스는 판도라의 상자를 여는 것 같았다. 어른이 될 수도 있다는 헛된 희망 하나만 믿고, 그 연기를 할 수 있을까? 남자의 표정이 울다 지친 아이처럼 아릿해 보였다. 조심스레 두 팔을 벌려 그를 안아 주었다. 꿈과 현실이 몸을 섞은 푸른 밤, 남자가 눈을 떴다. 남자는 내 머리를 부드럽게 쓰다듬으며, 다른 손으로는 내 어깨를 감싸 주었다. 혼자 어둠 속에 있으면 무중력상태로 둥둥 떠 있는 것 같았는데, 오늘 밤은 아니야. 이 말을 전해 주려고 했으나, 말은 머릿속에서 반짝이다가 사라졌다. 남자의 눈을 바라보는 순간, 사라진 말들이 심장 속에서 꽃으로 피어오른 듯했다. 마음의 결을 따라 꽃잎이 가늘게 몸을 떠는 바람에, 가슴이 떨렸다. 달과 나는 가슴과 가슴을 맞댄 채 아무 말도 하지 않았다. 누구의 가슴이 먼저 두근거렸는지도 모를 만큼 키스는 어느 순간 자연스럽게 시작되었다. 배우와 작가, 아이와 보호자, 소녀와 청년. 지구의 작은 방에서 우리가 어떤 관계인가 하는 것은 중요하지 않았다. 눈을 뜨면 이 장면이 시간의 저편으로 사라질 것만 같았다. 하지만 현실을 보고 싶어서 눈을 뜨고야 말았다.

남자의 감은 눈가에 눈물이 살짝 맺혀 있었다. 푸른 어둠 속에서 서로의 비밀을 말할 수 없는 남자와 여자가 키스하고 있다고 생각했다. 달이 내 정체를 안다고 생각했다. 그런데 남자는 놀란 눈빛으로 나를 보고 있었다. 섹스 도중 아이로 변한 연인을 목격이라도 한 것처럼. 내가 먼저 등을 보이며 잠든 척 가만히 누워 있었다. 남자는 조심스럽게 내게 이불을 덮어 주었다. 꿈이 부서져 허공에 흩어지는 시간, 서서히 빛이

차오르기 시작했다. 밖으로 나가는 달의 위태로운 기척이 전
해졌다. 나는 눈을 감았다. 자고 나면 어른으로 변해 있을지
도 모른다고, 헛된 기대를 품으며.

3부

그 사람이 사라졌다.

나 혼자 있는 방은 시간이 얼어붙은 듯 고즈넉하다. 계단을 올라오는 발소리에 눈을 떴다. 혹시 사라진 당신이 저 문을 열고 들어오는 건 아닐까? 잠시 후 문이 열리고, 소년이 편의점 로고가 박힌 비닐봉지를 들고 들어왔다. 돈이 없어서 이런 것만 구해 왔어. 유통기한이 하루 이틀 정도 지난 건 괜찮아. 삼각 김밥 두 개와 캔 콜라, 샌드위치 하나를 내 옆에 가지런히 내려놓는 소년의 왼손. 새끼손가락이 기형 물고기처럼 굽어 있다. 그 작은 손가락을 잡아 보려고 팔을 내밀자, 소년이 반사적으로 뒤로 물러난다. 하지만 곧 피식 웃더니 등을 보이며 티셔츠를 걷어 올린다. 이거 너만 보는 거야. 등 군데

군데 멍이 푸르스름한 곰팡이 꽃처럼 피어 있다.

"괜찮아. 아빠는 안 보이는 곳만 때리니까. 술 취한 날 어쩌다 맞는 건데, 뭘. 아, 일부러 속인 건 아니었어. 아빠하고 둘이 살면서 거기가 집이라고 생각해 본 적은 없으니까."

소년은 옷을 내리고 내게 샌드위치 반쪽을 건넸다. 나는 당신이 그랬던 것처럼 달무리 같은 미소를 지었다.

"내 보호자 기억나? 그 사람이랑 내가 같이 있을 때 너하고 골목길에서 마주친 적 있는데."

"미안, 잘 기억이 안 나. 원래 나는 한 번 본 사람은 쉽게 잊어."

정말 쥐 인간은 이 세상에 존재했을까. 소년과 함께 음식을 먹으며 당신의 존재를 의심하기 시작했다. 책상 앞에 앉아 노트를 보고 있으니 당신이 글을 쓰던 장면이 떠오르지만 사람들은 당신을 기억하지 못한다. 나만 떠올릴 수 있는 단 한 사람. 당신이라는 사람은 오갈 데 없는 아이가 환상 속에서 만들어 낸 인물이 아니었을까?

"너 시간 갖고 놀아 볼래? 이 노트에 네 흔적을 남겨 봐. 낙서든 뭐든 상관없어."

소년은 노트를 바닥에 펼쳐 놓고 살짝 미간을 찌푸렸다. 그러고는 펜으로 무언가를 쓰기 시작한다. 만일 당신이 존재했던 사람이라면, 앞으로 저 소년이 당신 역할을 해 줄 사람인가? 나는 도시의 변두리에서 소년이 얻어 오는 음식을 먹으며 길 고양이처럼 살아갈 수도 있을 것이다. 이 현실에서 내 역할은 타인에게 의지하며 살아야 하는 아역인지도 모른다.

"이게 내 이름이야. 원래 모르는 사람한테는 이름 말 안 하거든."

소년이 쑥스러워하며 건넨 노트에는, 평범해 보이지만 내 주변에는 없었던 이름이 적혀 있다. 나는 그다음 줄에 죽기 직전 남기는 유언처럼 짧은 메시지를 적었다. 어른이 된 소년이, 주변에 아무도 없어서 문득 사라지고 싶다고 느낄 때 우연히 내 메시지를 발견하기를 바라며.

"이 노트에 글이 두 편 적혀 있어. 처음 나오는 글은 읽어도 돼. 파울 클레의 그림 제목이거든. 하지만 뒷장을 넘기면 안 돼. 주위를 아무리 둘러봐도 네 얘기를 들어줄 사람이 없을 때, 그리고 네가 더 이상 아이가 아니라고 느껴질 때 그때 읽어."

"너 오늘 이상해. 혹시 어디 가?"

나는 대답하지 않았다.

"정말 가는 거야? 혼자서? 아니지? 내일 저녁 다시 공원에 올 거지?"

나는 말없이 소년의 눈만 바라본다. 이제 누구와도 약속 같은 건 할 수 없을 것이다. 오늘 밤, 사라질 수도 있으니까.

"이제 나는 혼자서도 잘 지낼 수 있어. 어른은 아니지만 아이도 아니거든. 더 어두워지기 전에 집에 돌아가. 그리고 내일 내가 안 나와도 절대로 이 방에 오면 안 돼. 알았지? 이건 경고야."

소년은 흔들리는 눈빛으로 내 눈을 쳐다보다가 노트를 낚아채고는 방을 나갔다.

어둡고 탁한 하늘에 그 어느 날 밤처럼 다시 하얗고 둥근 달이 떠 있다. 정말 당신은 존재했을까. 내 머릿속에는 당신과 함께한 두 달 보름 동안의 기억이 남아 있다. 소년에게 당신의 미완성 작품을 이야기해 주던 날도 바로 어제처럼 생생하게 떠올릴 수 있다.

그날 사실 하고 싶은 말이 있었다. 내가 무슨 말을 해도 의심하지 않을 사람에게 내 정체를 밝히고 싶었다. 이 세상과 나를 탯줄처럼 이어 주는 두 명의 어른. 만약 당신이 먼저 투명한 햇살을 등에 지고 걸어왔더라면, 당신에게 내 이야기를 들려주었을 것이다. 당신의 첫 번째 연인도 괜찮았다. 섹스하면 쥐로 변하는 남자를 목격했으니 어른이었다가 아이로 변한 사람이 있다고 해도 믿어 줄 것 같았다.

"사실 나는 달의 드라마에서 수지 역할을 한 배우야. 우리는 한 남자를 사이에 두고 같은 경험을 했어. 달은 사랑하는 사람과 섹스하면 쥐로 변해."

내가 이 말을 건넸을 때 그녀의 눈빛이 차갑게 변했다. 그런데도 나는 멈추지 않고 우리의 이야기를 들려주었다. 사랑의 힘을 느껴야 성장하는 관계의 역학에 대해서도 말해 주었다. 쥐와 섹스하는 소녀 역할을 하려던 내 계획도 털어놓았다. 하지만 키스에 대해서는 밝히지 않았다. 앞으로 어떤 기이한 일이 일어난다고 해도 그 일만은 비밀로 묻어 두고 싶었다. 나중에 나조차도 어디에 두었는지 잊어버려서, 죽기 직전에야 문득 떠올릴 수 있도록. 허락 없이 당신의 노트를 그녀 앞에 내밀며, 여기 어른이었던 나와 아이로 찾아온 내가 적혀 있으니 읽어 보라고도 했다. 그녀는 경계의 눈초리를 보내는가 싶더니 노트를 넘겨 보기 시작했다. 잠시 후 그녀가 노트를 덮자 나는 크게 심호흡을 했다.

"어른으로 돌아왔을 때 이 방을 그냥 나갔더라면 어땠을까. 아니 달을 찌르지만 않았어도 이 모습이 아니었을지도 몰라. 쥐를 본 순간 나는 달을 혐오했어. 달은 내 정체를 모르는 것 같아."

그녀는 아무 말도 하지 않았다.

"수지 씨, 조금만 더 내 얘기를 들어줘. 쥐 인간은 사랑받고 싶어 해. 하지만 지금 누구의 사랑을 받고 싶어 하는 걸까? 가장 믿어야 하면서도 믿지 못할 것이 바로 마음인가 봐.

내 마음조차 모르겠어. 과연 달과 수지 씨는 운명의 상대가 맞을까? 두 사람, 연인으로서의 인연은 수지 씨가 떠났을 때 끝난 거 아닐까? 쥐 인간 말고도 수지 씨를 이해해 줄 남자는 많아. 하지만 나한테는 달이 필요해."

"너라는 아이는 정말……."

그녀는 이 말을 던지고 나갔다. 아이의 얼굴을 하고 있는 내가 이기적으로 보였다. 진실을 말해 준다는 명분으로 그녀에게 떠나라고 말한 것이다. 운명의 상대라는 것이 좋은 쪽이든, 나쁜 쪽이든 인생의 방향을 바꾸어 주는 거라면 당신은 내 운명의 상대였다. 하지만 나는 당신의 마지막 연인이 아니었다. 수지가 당신의 처음이자 마지막 연인은 아니었을까? 나는 두 사람을 이어 주는 작은 역할이었는지도 모르는데……. 잠들지 못하고 이리저리 뒤척일 때 당신의 발소리가 들렸다. 그날 밤, 당신은 술에 취해서 쓰러지듯 잠이 들었다.

키스한 그날 밤 이후로 당신은 우울한 사춘기 소년처럼 말이 없었다. 건드리면 그대로 바스라질 것만 같은, 위태로움으로 무장하고 있는 것 같았다. 그런 분위기가 고스란히 전해져서 가끔 당신의 눈치를 볼 수밖에 없었다. 당신은 아침 일찍 노트북을 들고 나가서 밤늦게 들어왔다. 그러면서도 열두 살 아이가 혼자 식사할 수 있도록 음식을 장만해 두었다. 책상 위에는 용돈이 놓여 있었다. 하지만 당신이 나를 피한다고 생각했기 때문에 아침에 잠이 깼어도 눈을 감고 있었고, 계단을 오르는 당신의 발소리가 들리면 자는 척했다. 딱 한 번 당신이 욕실에서 씻고 나왔을 때 나는 부스스 일어난 것처럼 눈을 비볐지만 그 행동을 하기 위해서 머릿속으로 몇 번이나 레디 액션을 외쳐 댔는지 모른다.

"혹시 수지 씨 만났어? 이제 안 오네."

"바쁘대."

당신은 내 쪽은 보지도 않고 바닥에 자리를 폈다. 어둠 속에서 두 눈을 깜박이고 있으면 무심히 흘려보낸 한 장면이 떠오르기도 했다. 열두 살에서 더 이상 자라지 않던 여름날 저녁, 나는 상처 입기 전의 당신에게 물었다.

"사랑을 믿어?"

"사랑? 그건 신 같은 것이겠지. 믿고 싶은 사람한테는 있는 것이고, 믿기 싫은 사람한테는 없는 그런 것."

당신이 꿈꾸는 미래는 그냥 나를 키우며 하루하루 살아가는 게 아니었을까. 당신은 이상한 아이를 책임지는 가장 역할을 맡고 있었던 건지도 모른다. 그런 당신이 의지할 수 있는 사람은 오로지 첫 번째 연인 수지. 그런 그녀를 나는 퇴장시켜 버렸다. 마음 한곳에 그녀에 대한 생각들이 뭉쳐 있었다. 집중해서 생각하면 근육통처럼 아팠다. 중요한 배우라고 해도 중도 하차하면 다시 등장하지 않듯이 그녀도 나타나지 않을 것 같았다. 그런데 그녀는 전혀 예상치 못한 시간에 불쑥 찾아왔다. 평일 한여름 낮, 열쇠로 문 여는 소리가 들렸을 때 당신인 줄 알았다. 그녀는 같이 갈 데가 있는데, 싫으면 가지 않아도 된다고 했다. 나는 무조건 가겠다고 고개를 끄덕였다. 그런 사소한 행동이 어긋난 관계를 회복하는 데 도움이 된다면, 어디든 따라가고 싶었다. 그녀가 나를 차에 태워 데리고 간 곳은 건물 5층에 있는 소아 정신과. 그녀는 중년의 여의사 앞에서 말했다.

"아이가 아이 같지 않아요."

의사는 그 한마디로 나를 파악했다는 듯 고개를 끄덕였다. 나는 의사가 묻는 말에 침묵했지만 설문지 답변은 신중하게 체크했고, 요구한 그림 세 장도 성의껏 그렸다. 그녀가 진료실에서 의사와 얘기를 나누는 동안 나는 창가에서 자판기 커피를 마셨다. 문득 비를 맞으며 옥상에 서 있던 당신이 떠올랐다. 이 높이쯤에서 아래를 바라보고 있었겠지. 그때 당신을 발견하지 못했더라면 한여름 낮, 나는 서른세 살의 모습으로 단역 배우처럼 거리를 걷고 있지 않았을까. 구원을 요청하듯이 창밖으로 팔을 내밀자, 무덥고 습한 공기에 피부에 달라붙었다. 돌아오는 길, 신호 대기에 걸려 밖을 내다보니 백화점 쇼윈도 안에 마네킹이 비키니를 입고 있었다. 가을이 오면 사라진 내 모습이 돌아왔으면 좋겠다고, 내가 마네킹을 성모마리아 삼아 바라는 순간에도 그녀는 무표정한 얼굴로 말이 없었다. 당신은 내가 밤에 잠자는 척 누워 있다는 것을 알았던 것 같다. 벽을 향해 눈만 깜빡이고 있는데, 나지막한 당신의 목소리가 건너왔다.

"여기 있는 게 좋아, 원래 있던 곳이 좋아?"

원래 있던 곳이라니. 갑자기 꺼져 버린 화면처럼 머릿속이 검게 변한 느낌이었다. 자는 척을 해야 하는지 대답을 해야 하는지 선택할 수 없었다. 당신의 고른 숨소리가 들린 후에야 나는 작은 목소리로 말했다.

"그럼, 너는. 내가 있는 게 좋아, 떠나는 게 좋아?"

당신은 대답하지 않았다. 내 시선이 닿지 않는 곳에서 무슨 일이 벌어졌을까. 수지는 방송국 커피숍 같은 데서 당신을 만나, 의사의 소견서를 보여 주었을지도 모른다. 마침내 당신과 나 사이에 현실적인 소도구가 등장한다. 사회성 결여. 정서 불안. 망상 장애. 한마디로 치료 요망. 보호자 연기를 하던 당신은 그 소견서를 멍하니 봤겠지. 그녀는 그 타이밍을 놓치지 않고 말했을 것이다. 학생이 거짓말을 못 하도록 날카로운 목소리로.

조카 아닌 거 알아. 이 아이한테는 또래 집단이 필요해. 이 애가 누구든 간에 너와 함께 있는 건 도움이 안 돼.

당신은 뭐라고 대답했을까. 내 시선이 닿지 않는 곳에서 두 사람이 무슨 말을 주고받았는지 나는 모른다. 하지만 당신이 불쑥 그런 질문을 한 걸로 봐서 어떤 일이 벌어지긴 한 것 같았다. 그날 밤 하늘에는 희망의 상징처럼 보이는 노란 달이 떠 있었다. 메모판에서는 앙드레 지드가 당신의 글씨체로 이런 이야기를 들려주었다. "진실도 때로는 우리를 다치게 한다. 하지만 머지않아 치료받을 수 있는 가벼운 상처다." 또 프랜시스 베이컨도 한마디 거들어 주었다. "그대 자신에게 진실하라. 그대가 남을 속이지 않듯이." 수지에게 고백할 때와는 다르게, 조심스럽고 침착하게 이야기를 들려주어야겠다고 다짐했다. 자정이 가까운 시각, 당신이 술 냄새를 묻히고 돌아왔다.

"내가 너한테 무슨 짓을 한 거지?"

욕실에서 나온 당신이 침대 옆에 앉아 고해성사를 하듯이 말했다. 일어나 고개 숙인 당신을 바라보았다. 당신은 곧 어둠 속으로 녹아 없어질 듯 위태로워 보였다. 하지만 거짓과 진실을 구분하지 못할 정도로 취한 건 아니었다. 내가 판도라의 상자 같은 작은 입을 열었을 때 당신은 양 무릎 사이에 얼굴을 묻었다. 당신이 어느 날 갑자기 전화를 걸어서 비틀스의 노래만 들려주었을 때 내 기분이 이러저러했으며, 캔 맥주나 마시고 돌아갈 생각으로 공원에 들어갔다가 말하는 고양이를 만났으며…… 나는 이렇게 당신 앞에 아이의 몸으로 앉아 있다고. 당신의 목에 난 상처는 내가 만들었다고. 그 점에 대해서는 미안하게 생각한다고. 이야기가 진행되는 동안 당신의 표정을 읽을 수 없었다.

"그러니까, 결국 나 때문인 거네."

잠시 후 당신은 어둠 속에 패잔병처럼 누워서 말했다. 미안해. 간격을 두고 힘없는 당신의 목소리가 건너왔다. 나는 잠든 것처럼 대답하지 않았다. 당신은 따뜻하고 친절한 사람이지만 나한테 미안해해야 할 사람 같기도 했다. 다음 날, 당신은 내 눈을 제대로 마주치지 못했다. 혹시 내 이야기를 아이의 망상 쯤으로 여긴 건가. 오히려 진실을 말하지 않았던 그때, 내 정체를 숨기던 시절에 당신은 나를 믿고 있었던 것 같았다. 인어 공주가 왜 정체를 밝히지 않았는지 알 것 같았다. 왕자의 마음을 믿을 수 없었던 것이다. 어느 하루 정오에는 말 없는 당신이 비겁하다고 생각했다. 자정이 되면 옆에 있어 주겠다던 당신의 마음이 변할까 봐 두려웠다. 징그러우면서도 연약하고 아름다운 당신의 마음속에서 어떤 일이 일어나는지 궁금했다. 그러니까, 나는 당신의 마음을 엿보고 싶었을 뿐이다. 노트는 내 손길을 기다렸다는 듯 두 번째 서랍에 다소곳이 놓여 있었다. 당신이 새로 쓴 글이라고는 파울 클레의 그림 제목이 전부였다. 글자를 바라보고 있는데, 눈물 한 방울이 노트 위로 떨어졌다. 글자들이 흐릿해졌다. 노트를 다시 서랍에 넣었다.

당신이 말하기를, 침대에 누워 있으면 현관문이 보이는데, 잠이 안 오면 노크 소리가 들릴 때까지 숫자를 세어 본다고 했다. 그러면 잠이 든다고. 침대에서 캔 맥주를 마시며 문을 보고 있으니, 그때 당신도 누군가를 기다린 건 아닌가 싶었다. 시간이 마음을 칼날처럼 그으며 지나가는 밤, 맨정신으로 버티기 어려워 술을 마셨다. 솔직히 말하면 무서웠던 것이다. 그날따라 당신의 발소리가 들리지 않았다. 혹시 나를 버려두고 운명의 상대를 찾아 떠난 건 아닌지. 당신 말이 맞았다. 노크 소리가 들릴 때까지 숫자를 세다 보니, 어느새 돌연사한 것처럼 잠이 들었다. 나는 당신이 아닌 타인의 발소리를 두려워했다. 또 나만 이상한 일을 겪을까 봐. 그날 잠결에 그런 발소리를 들었다. 또각또각. 날카로운 구두 굽 소리. 노크 소리가 들렸을 때 나는 눈을 떴다. 당신이 문을 열어 주자, 수지가 샌들을 벗고 안으로 들어왔다. 여행용 가방이 방 한가운데 놓여 있었다.

"잘 지냈어?"

그녀는 나를 보며 밝은 목소리를 냈다. 나는 외면하며 욕실 안으로 들어가 문을 잠갔다. 거울 속 소녀가 겁에 질린 표정으로 나를 보고 있었다. 자신이 이제 곧 세면대 거울이라는 세계에서 사라질 거라는 두려움으로 떨고 있었다.

"저 아이는 자기가 어디로 가는지 모르는 것 같은데."

“내 탓이야. 말하지 못했어. 그러니까 나중에.”

“아니, 더 이상 미룰 수 없어. 여기 하루 더 있는 만큼, 저 아이는 너한테 당한 일을 못 잊어.”

당신은 우리들의 비밀을 그녀에게 말해 버린 것 같았다. 내가 죽기 직전까지 묻어 두려고 했던 그 기억을 당신은 첫 번째 연인에게 고백한 것이다. 거울 속 소녀는 겁먹은 눈동자로 내게 호소했다. 영원히 자라지 않아도 상관없어. 저 사람과 함께 지낼 수만 있다면. 사람들이 우리를 괴물이라고 해도 우리가 서로를 인간으로 인정하며 살아가면 되잖아. 우리라니. 저 남자와 나 말이야. 내가 주저하는 사이에도 시간은 냉정하게 흘렀다. 더 이상 화장실 같은 데 숨어 있지 말라고 거울 속 소녀가 다시 눈빛으로 호소했다. 당신이 쥐라면 나는 쥐를 사랑할 수도 있어요. 당신이라는 이유로. 나는 거울 속 소녀와 동시에 다음 장면 대사를 연습해 보았다. 망가진 인생처럼 슬프고 우스꽝스러운 프러포즈였다. 사실, 나는 그 대사를 단 한마디도 당신한테 전하지 못했다. 내가 모든 것을 다 말해 주었는데도, 어떻게 이런 장면이 펼쳐질 수 있지? 대체 누구 말을 믿는 거야? 진실을 다 털어놓았는데, 뭐하러 네 앞에 무릎을 꿇고 애원해야 돼? 나는 첫 번째 연인의 태엽 인형처럼 움직이는 당신에게 분노하고 있었다. 내가 당신을 마지막으로 붙잡지 못했던 건, 처음 공원에서 이별을 말했을 때와 마찬가지로 자존심 때문이었다.

"우리 영원히 헤어지는 거 맞지."

내가 건조한 목소리로 당신에게 던진 마지막 말이었다. 당신은 대답하지 않고 밖으로 나갔다. 어서 돌아와서 네 대사를 말해. 당신은 왜 내가 분한 표정으로 문을 노려보았는지 모를 것이다.

"영원히 헤어지는 게 아니야. 내가 만나러 갈게."

그녀가 내 어깨에 손을 올리며 말했다. 거리에는 빛이 성가시게 널려 있었다. 그녀의 말에 의하면 나는 부산에 있는 아동 보호소로 가게 된다고 했다. 푸른 바다가 보이고, 내 또래 아이들이 뛰어놀고, 엄마 또래 선생님이 있는 곳. 그녀와 함께 아동 보호소를 둘러보는 당신의 모습이 떠오르려고 하자, 나는 세차게 고개를 내저었다. 끌려가는 죄수처럼 순순히 그녀를 따라갔지만 맘만 먹으면 도망갈 수 있었다. 하지만 어디로 도망을 간단 말인가.

"왜 저 사람이 나한테 아무 말도 안 해? 왜 나를 안 붙잡는 거야?"

"달은 이제 네가 어떤 아이인지 알아. 너는 달의 일기를 몰래 읽고, 어른들 얘기를 엿듣고, 네 마음대로 이야기를 지어냈지. 하지만 네가 나쁜 건 아냐. 너는 아픈 것뿐이야. 그래서 거기로 가는 거야. 치료도 받게 될 거고, 양부모도 만날 수 있어."

"저 사람이 그 말을 믿어?"

"그럼, 믿지. 자기 잘못도 알아."

부드러운 목소리로 그녀가 속삭였다. 뒤를 돌아보았더니 당신이 캐리어를 끌면서 따라오고 있었다. 새파랗게 젊은 사람이, 물기 머금은 빨래처럼 어깨를 축 늘어뜨리고 걷고 있다니. 달려가서 당신이 쥐라면 나는 쥐를 사랑하는 여자가 되겠다고 고백해 볼까? 당신이라는 이유로 함께할 수 있다고. 내가 머뭇거리는 사이 그녀가 내 손목을 잡아끌었다. 햇살이 자꾸만 눈을 찔러서 나는 인상을 썼다.

횡단보도 앞에서 당신에게 하고 싶은 말이 있었다. 만약 우리가 이대로 헤어진다면 그날 밤 키스는 나를 괴롭히는 추억이 될 거라고. 나는 고개를 푹 숙인 채 아무 말도 하지 않았다. 내 사정을 알 리 없는 차들이 도로를 내달리는 소리가 들려왔다. 고개를 들었더니 택시의 꺼진 헤드라이트가 말을 걸어왔다. 아니, 내가 먼저 들리지 않는 목소리로 재빠르게 말을 걸었다.

거기 가기 싫다.

그럼, 여기 올래? 영원한 안식이 있는데……

영원한 안식?

뭐 때문에 망설이는 거야. 눈 딱 감고 차에 부딪히면 되는

데, 어? 마침 저 뒤에 트럭이 오네.

만일 내가 사라진다면 누가 내 기일을 챙겨 줄까. 오늘, 몇 년 몇 월 며칠이더라. 알 수 없었지만 묻지 않았다. 그 순간 트럭이 눈앞을 스쳐 지나갈 것 같았기 때문에. 생의 마지막 순간, 비상하다가 추락하는 천사를 연기해 봐야지. 없는 날개를 펼쳐 보이면서 천사는 도로를 향해 날아간다. 천국의 문 앞에서 성냥팔이 소녀처럼 얼어 죽는 것이 추방당한 천사의 운명이라고 해도. 두 팔을 활짝 펴서 천사처럼 도로 한가운데로 날아올랐다.

지구가 자전과 공전을 멈추고, 나마저 사라진 듯 세계는 공허했다. 그런데 낯익으면서도 낯선 여자아이의 비명이 들리면서 어떤 장면이 꺼질 듯 말 듯 불완전한 영상으로 보인다. 누군가 나를 밀쳐 내고 트럭에 깔리는 장면이, 트럭 바퀴가 남자를 깔아뭉개는 순간이 희미하게 보인다. 꿈인가……. 눈을 떴다. 당신이 나를 밀쳐 내고 대신 바퀴에 깔려 죽은 현장이 펼쳐져 있었다. 짓밟힌 당신의 몸에서 내장과 붉은 피가 쏟아져 나왔다. 그 누구도 당신을 동정하지 않는다. 구급차도 경찰차도 오지 않았다. 다른 사람들 눈에는 차 앞바퀴에 깔려 죽은 흰쥐 한 마리만 보였을 것이다.

왕자가 죽는 순간 인어 공주는 몸을 되찾을 수 있다고? 동화니까 그런 설정이 나오는 거다. 당신이 죽었지만 내 몸은 그대로였다. 달라진 것이 있다면 무릎과 팔꿈치가 벗겨졌다는 것 정도. 나는 당신의 시체 앞에 무릎을 꿇고 앉았다. 자동차가 위협적으로 머리를 들이밀며 경적을 울려 댔다. 운전자가 창을 내리고 내게 욕설을 던졌다. 나보고 미쳤다고 했다. 그런 욕지거리를 두 귀로 들으면서 나는 하늘을 보았다. 노란 고양이 한 마리가 수백, 아니 수천, 수억 마리의 쥐를 이끌고 승천하고 있었다. 그 긴 꼬리는 발사된 로켓처럼 순식간에, 그러나 소리 없이 사라졌다. 조각구름이 모여들더니 체셔 고양이처럼 씩 웃고 있는 구름 고양이가 만들어졌다. 구름 고양이가 마지막 메시지를 전했다. 안녕, 다음 생에 만나면 아는 체하기. 내 눈에만 보이고, 내 귀로만 전송되는 메시지였다. 내가 미소 지으며 손을 흔들어 주려던 순간, 차에서 내린 사내가 나를 도로 밖으로 끌어냈다.

"재수 없게, 쥐새끼가 죽어 있네."

사내는 도로에 침을 뱉고는 차에 탔다. 타이어가 다시 당신의 자아를 짓뭉개고 지나갔다. 나는 주위를 두리번거렸다. 비로소 수지 생각이 나서 보도블록으로 건너왔다. 그녀는 몇 발짝 앞에서 하이힐 샌들을 신고 걸어가고 있었다. 나는 달려가 그녀 앞을 가로막고 숨을 헉헉거렸다. 그녀는 그런 나를 타인의 눈빛으로 바라보았다. 충격을 받아서 그렇게 된 거라고 생각하니, 가슴 한곳이 서늘했다.

"그래, 수지 씨. 달이 죽었어."

"달, 그거 사람 이름이니? 그런데 너는 누군데 내 이름을 아니?"

그녀는 정말 당신을, 그리고 나를 모른다는 얼굴을 하고 있었다. 내가 아는 수지가 아니다. 타인이 된 그녀를 나는 타인들 속으로 보내 줄 수밖에 없었다. 주머니에 손을 넣었는데 납작하고 차가운 금속 물체가 만져졌다. 언제나 부적처럼 가지고 다니던 열쇠. 나는 당신의 방을 향해 달렸다. 모르는 사람의 몸에 어깨가 부딪혀도 멈추지 않았다. 당신의 방 앞에 와서야 가쁜 숨을 몰아쉬며 열쇠를 손잡이 구멍에 꽂고 돌려 보았다. 찰칵, 문이 열렸다. 당신이 필요한 물건만 챙겨서 떠난 것 같은 상황이 펼쳐져 있었다. 비틀스의 음반, 노트북, 당신이 자주 입던 옷들이 보이지 않았다. 책상 두 번째 서랍을 열었더니 노트가 생존자처럼 숨어 있었다. 당신이 쓴 글은 모두 증발하고 여백뿐이었다. 빈 페이지를 넘기며 보다가 사라지지 않은 글자를 발견했다.

그리고 아, 나를 더욱 쓰라리게 하는 것은 당신이 내가 가슴속으로 어떻게 느끼는지를 모른다는 겁니다.

파울 클레의 작품 제목을 가만 들여다보다가 나는 자리에서 일어났다. 꿈인 줄 알았던 장면이 현실일 수도 있겠다는 생각이 들었다. 나는 악몽을 꾸는 것처럼 몸을 뒤척이며 괴로

위했다. 의식이 가물가물한 상태에서도 누군가 나를 품에 안고 있다는 게 느껴졌다. 바로 당신이 나를 부드럽게 침대에 눕힌 후 물수건으로 내 이마를 짚어 주었다. 다시 깨어났을 때 당신은 책상 앞에 앉아 무언가를 쓰고 있었다. 내가 도로로 뛰어들기 직전, 당신이 서 있던 자리를 향해 나는 숨차도록 뛰었다. 하지만 거기에 캐리어는 없었다.

그 후 노트만 챙겨서 공원으로 왔다. 인적이 드문 공원이지만 그래도 사람들이 간간이 지나다녔다. 당신은 가방 안에 그날 밤 내가 들려준 이야기에 대한 답장을 넣어 놓는다. 나는 하얗게 부서지는 포말을 보며, 해변에서 당신의 편지를 읽는다. 편지 봉투 안에 우리 같은 사람이 평범하게 사는 곳으로 가는 비행기 티켓이 들어 있다. 그곳에 도착한 우리는 청년과 아이, 쥐와 소녀, 또 어느 날은 아담과 이브처럼 남녀의 모습으로 안식을 누린다. 나는 그네에 앉아 실현될 수 없는 장면만을 상상하며 미소 지었다. 상처가 생긴 팔꿈치와 무릎이 습한 공기가 닿을 때마다 쓰라렸다.

그만 눈물 한 방울이 번진 글자 위로 다시 떨어졌다. 당신을 추모하기 위한 눈물인지, 미아가 된 나를 동정하는 눈물인지 알 수 없었다. 혹시 내 눈물 때문에 이 글자들이 남아 있는 건 아닐까. 나는 당신이 마지막으로 세상에 남긴 글자들을 바라보았다.

"오랜만이다."

고개를 들었더니 소년이 앞에 서 있었다.

"왜 너는 나를 기억하지?"

"나, 그 정도로 소심하지 않아. 며칠 못 만났다고 삐치지는 않는다고. 원래 우리는 이 공원에서 우연히 만나는 사이였잖아."

소년은 주머니에서 연고를 꺼내 내 무릎에 발라 주었다. 어느 여름밤, 소년에게 친구 하자고 손 내밀었던 나의 모습이 펼쳐졌다. 소년은 내 힘으로 맺은 인간관계였다. 나의 힘으로 맺은 인간관계는 사라지지 않았구나. 당신을 통해 알게 된 관계는 끊어져 버렸어. 물론, 확실한 건 없었다. 소년에게 당신을 보여 주고 싶었다. 소년이라면, 쥐가 나의 보호자였다고 말해도 진지하게 들어줄 것 같았다. 그런데 거기에 당신이 없었다. 누군가 흔적조차 남기지 않고 치운 게 아니라면 가방처럼 시체도 사라진 것이다. 소년과 나는 횡단보도 앞에 멈춰 서 있었다.

"보호자가 오늘 저기에서 나를 밀쳐 내고 자동차 바퀴에 깔려 죽었어."

나는 당신의 시체가 있던 부근을 손가락으로 가리켰다. 잠시 후 소년이 고장 난 가로등처럼 멍하니 서 있던 나를, 공원으로 데려왔다. 달빛을 등에 지고, 소년은 구석에서 흙을 모아 주먹만 한 작은 무덤을 만들었다. 소년은 내 옆에 서서 두 손을 가지런히 모으고 묵념하듯 고개를 숙였다. 인적 없는 구석진 놀이터에서 당신의 장례식이 소꿉장난처럼 끝났다. 당신이 죽었다는 게 실감 나지 않았다. 하지만 살아 있었다는 것 역시 가물가물했다. 구름 고양이나, 내 귀에만 들리던 메시지 같은 것이 환각과 환청은 아니었을까.

나는 빈방을 전전하는, 열두 살짜리 버려진 소녀인지도 모른다. 내가 과연 아이인지 어른이었는지 알 수 없지만 확실히 말할 수 있는 건 나는 인간이라는 것. 그리고 이 혼란스러운 역할은 나라는 인간이 맡기에는 너무 벅차다는 것. 오늘 밤, 이 역할을 끝내기로 마음먹었다. 공상 속에서 이미 칼로 배를 찌른 적이 있다. 두려움을 느끼는 건 아직 동맥을 끊지 못한 나다. 숨이 끊어지면 살아 있는 나는 사라진다. 싱크대 앞으로 가서 오른손으로 칼의 손잡이를 쥐었다. 그 순간 손이 떨린 건 최후의 연기가 두려워서가 아니라 회색 쥐로 변한 당신을 마주했기 때문이다. 당신을 부정하며 암전된 머릿속에서 기억의 막이 올라가자, 바로 거기에 당신이 있다. 구석에서 네 발을 주저하듯이 움직이며 내게로 걸어오던 그날의 당신이.

이게 나예요.

회색 쥐로 변한 당신은 쓸쓸한 눈빛으로 말한다. 당신이 구석으로 가려고 머리를 돌렸을 때 칼날이 날카롭게 목덜미를 지나간다. 그 사람은 마음의 눈이 멀어 당신이 하는 말을 못 보고, 겁에 질려 두 눈마저 감았기에 상처를 줄 수밖에 없었다. 갑자기 눈앞에 나타난 쥐가 무서워서, 그 사람은 쥐를 찌르는 여자가 된 것이다. 당신이 회색 쥐로 변했다는 이유만으로. 눈을 뜨자 당신이 상처 입었던 무대가 덩그러니 펼쳐져 있다. 나는 기억의 무대에서 타인을 찌른 역할을 끝내고 칼을 무기력하게 내려놓는다. 눈을 감고 허공을 향해 사죄하듯이 오른손을 내민다. 칼이 허리를 곧추세워 소녀 아닌 소녀의 손목에 칼자국을 새길 것만 같은 깊은 밤이다. 그런 일이 일어날까 봐 두려움에 떠는 작은 인간은 내일도 숨을 끊지 못할 것이다. 당신은 그런 나와 함께하며 이 네모난 세상에서 어른 역할을 한 사람. 하지만 나는 마음의 눈이 멀어 한 눈으로만 당신을 보다 이제야 당신의 이름을 부르는 사라져 갈 사람.

눈을 떴다.

소리 없는 당신의 목소리를 들은 것처럼 볼 수 없는 것들이 보인다. 침대로 올라가 지난날 당신처럼 몸을 웅크려 본다. 어른이 되지 못할까 봐서 초조해하던 순간들, 당신의 발소리가 들리면 비로소 마음이 진정되던 순간들, 내가 잠이 든 후에야 글을 쓰던 당신, 그래서 자는 척 누워 있어야 했던 그 밤들, 오노 요코는 존 레넌의 운명의 연인이 아니라고 내 주장을 말하던 순간들. 두 달 보름 동안의 기억이 넘어가고 펼쳐지기를 반복한다. 그 주마등 같은 영상 속에서 나는, 비록 실패하고 말았지만 쥐와 연애하는 소녀 역할을 맡고 있었다는 생각이 들었다. 그 배역이 끝난 이상, 앞으로는 무엇을 해야 할까. 알 수 없는 가운데 확실한 것이 있었다. 열두 살의 이 모습이 현재의 나라는 현실. 인정받기 위해 다른 이름으로 불리는 역할에 충실했던 나를, 관심을 받으려고 충동적으로 도로에 뛰어든 나를…… 있는 그대로 받아들인다. 이제 당신이 보이지 않는 세상에서, 두 팔을 벌려 나를 안아 줄 사람은 바로 나 자신밖에 없다. 더 깊숙이 안기기 위해 작게 몸을 웅크리며, 나는 처음으로 나를 포옹해 준다.

눈을 떠.

꿈과 현실의 경계로 연인의 목소리가 찾아왔다. 그런데 바람의 목소리였나. 눈 뜨니 바람의 혀가 여자를 머리끝부터 발끝까지 부드럽게 어루만지고 있었다. 열두 살 소녀가 잠든 자리에 돌아온 연인처럼 낯익으면서도 낯선 어른이 누워 있다. 나는 5월의 마지막 모습으로 돌아와 있었다. 나를 일으켜 세워 처음 인간의 다리로 걸어 본 인어 공주처럼 한 걸음씩 조심스럽게 내디뎌 창가로 다가간다.

정말 바람의 목소리였을까.

창문을 열자 햇빛에 반사된 물방울들이 반짝반짝 빛나

고 있었다. 건물 아래를 보니 아이들 세 명이 비눗방울 놀이
를 하며 지나가고 있었다. 아이들이 후 불어 쏘아 올린 투명
한 비눗방울들이 한꺼번에 춤추듯 날아올랐다. 그 모습을 보
고 있을 때, 투명한 물방울 하나가 부드럽게 내 입술에 부딪
혀 왔다. 안녕, 허무하게 녹아 버린 물방울처럼 당신의 목소리
는 반짝, 사라지고 말았다. 그런데 이상하게도 끝이라는 생각
이 들지 않는다. 잠시 후 저 문을 열고 운명의 연인이 돌아올
것만 같은 예감. 가슴이 두근거린다. 사랑이 막 시작된 것처
럼, 나는 비로소 살아 있음을 느낀다.

상처를 가지고 놀아 본 적이 있다.

까진 곳을 문지르다가 눌러 보다가 비눗방울을 톡 떨어뜨렸다.

상처에 눈물이 고인 듯 보였다. 상처의 눈과 마주하자 눈물이 났다.

어린 얼굴로 울면서 주변을 두리번거렸다.

상처와 노는 것은 혼자 있을 때나 가능한 일이었다.

홀로 있다는 것도 실감하지 못해야 한다.

스물여덟 초여름에 첫 책을 냈다.

서른여섯 겨울에 세 번째 책을 낸다.

그 틈새에서 상처가 생길까, 움츠리던 때가 있었다.

보도블록, 가시넝쿨, 칼의 날 등은 위험하고 나쁜 것이었다.

하지만 가장 위험한 건 아무도 없고 아무것도 일어나지 않는 거였다.

이제 쓰라림으로 살아 있음을 느낀다.

감사의 인사를 꼭 전하고 싶다.

고맙습니다.

저는 여기 있습니다. 당신은 어디에 계십니까?

제가 그리로 가도 되겠습니까?

전화 주십시오.

저는 절대 당신을 버리지 않습니다.

2012년 겨울 유리창 안에서

김주희

한여름 밤 잔혹 로맨스

강지희(문학평론가)

셰익스피어는 "인생은 헛소리와 분노로 가득 차 있고 결국 아무 의미도 없다."는 말을 남겼다. 인생이 무의미하다는 사실을 직시하는 이들에게 살아간다는 것은 위로와 기만이 적절히 혼합되어 만들어진 구름 사이를 천천히 지나가는 것에 지나지 않을 것이다. 때로는 햇살이 내리쬐고, 때로는 비바람이 치겠지만, 대체로 삶은 아무것도 잡히지 않고 흘러가는 시간들을 견뎌 내는 일이다. 20대의 화려한 술과 장미의 나날은 놀랍도록 빠르게 색이 바래고, 공허와 권태의 무게만 점점 묵직해지는 30대가 도래한다. 물론 우리는 내일이라도 인생이 마련해 놓은 허방에 쑥 빠져 사랑의 열병에 시달리게 될지도 모른다. 그러나 30대는 확실히 언제 찾아올지도 모르는 사랑에 대한 막연한 설렘보다는, 할부금이 빠져나간 통장 잔고나 휴일 끝에 찾아오는 월요일을 구체적으로 두려워하게 되는 시기가 아닌가. 이 정도의 나이가 되면 우리는 자신이 어떤 사람인지, 어떤 일을 어디까지 할 수 있는지 그 한계를 꽤 정확히 알게 된다. 이제는 제아무리 대단한 연애를 한들 나와 나를 둘러싼 모든 것이 드라마틱하게 변할 것이란 기대는 하지 않게 되며, 달콤한 연애에 취해 있더라도 분명 씁쓸하게 다가올 마지막에 대한 예감을 완전히 망각하지는 않게 된다. 눈부신 행운도 거대한 비극도 찾아오지 않는 가운데 다만 삶이 허접스러워질 때, 우리는 무엇을 버팀목 삼아 살아 나갈 수 있을까. 김주희의 이번 소설 『수지』는 그 답은 여전히 사랑에 있다고, 30대에도 여전히 우리는 사랑과 이별을 통해 마음의 키를 키우게 될 거라고 강변하는 소설이다.

Take 1 이기적인 인어 공주

소설 『수지』의 중심을 이루는 플롯은 아역 출신 서른세 살 무명 여배우 '나'와 단막 드라마 「달의 마지막 연인」을 쓴 스물일곱 살 신인 작가 '달'의 사랑이라고 할 수 있다. 그런데 소설 속 주인공 '나'는 마음만 먹으면 언제든 사랑에 빠질 만한 한없이 해맑고 즐거운 20대 초반의 여성도, 모든 걸 다 갖췄지만 마지막 퍼즐 한 조각처럼 사랑이 빠진 것이 조금 아쉬운 잘나가는 '골드 미스'도 아니다. 주인공은 여배우지만, 여배우라는 단어가 연상시키는 눈에 띄는 아름다움과 팬들의 추종, 화려한 스캔들, 파파라치 등과는 거리가 멀다. 눈부신 조명과 카메라의 플래시보다는 어둠 속 적막한 공원에 훨씬 익숙한 그녀는 2년 남짓한 시간 동안 어떤 배역도 맡지 못한 자신의 존재감을 "시궁쥐 수준"이라 설명하며, 베티 데이비스의 눈동자를 가졌다는 칭찬에도 "어느 유능한 젊은 영화감독의 데뷔작에 여주인공으로 출연해서 베티 데이비스처럼 불혹을 넘긴 나이에 칸 영화제에서 수상을 한다는 건, 망상 속에서나 가능한 일이겠지."(28~29쪽)라며 자조한다.

그녀가 스물세 살 때 출연한 성장 드라마에서 나중에 자살한 '유령'으로 밝혀지는 '은둔형 외톨이' 배역을 맡았다는 이야기는, 가벼운 에피소드처럼 등장하지만 주인공이 처한 상황과 성격을 상징적으로 드러낸다. 기실 착하지만 소심하고, 거의 존재감이 희미한 인물은 김주희의 트레이드 마크라고 할 수 있다. 첫 번째 소설집 『파란나비 효과 하루』에서 고독과 우울을 주조로 하는 '마이너 감성'에 자주 함몰되던 등장인물들은 선천성 고독을 갖고 있다는 '파란나비원숭이'를 무한 복제해 놓은 듯 서로 구별되지 않았다. 그들은 그다지

친절하게 굴지 않는 자신의 생과 그악스럽게 싸우기보다는 대개 구석에 쭈그려 앉아 눈물을 쓱 닦아 내는 편에 속하는 인물들이었는데, 그런 쓸쓸함이란 답답하게 느껴지면서도 누구나 한 번쯤 갇혀 본 적 있는 익숙한 것이어서 우리는 어쩐지 먹먹한 동감 속에 이들을 받아들일 도리밖에는 없었다.

그런데 이런 자기 연민과 냉소에 가득 찬 쓸쓸한 은둔형 외톨이 여자가 사랑 이야기의 주인공이라니? 그간 수많은 로맨틱 코미디들은 바닥에서 시작된 사랑이 어떻게 천상까지 올라가는지 일종의 매뉴얼을 통해 보여 주었다. 불가해하게 누군가에게 끌리게 되는 순간부터, 호감을 가지고 있음에도 농담과 시치미로 방어 막을 치고, 때로는 오해에 사로잡혀 안절부절못하는 그 과정은 길면 길수록 끝에 맛볼 달콤한 해피엔딩을 위한 찬란한 애피타이저가 된다. 마찬가지로, 주인공의 처지가 비참할수록 그 사랑의 진정성은 뜨겁게 보장되는 법이다. 그러니 『수지』에서 2년 만에 간신히 배역을 맡게 된 30대 여배우가 떠안고 있는 모든 우울은 짜릿한 도약을 위한 발판으로 기능할 수도 있음을 생각해 볼 때 나쁘지 않다. 게다가 여섯 살 연하의 작가는 무표정한 사람들 가운데서 유일하게 따뜻한 눈빛과 달무리 같은 미소를 보내 주며, 이에 주인공의 마음은 "바람과 빛이 리듬을 타고 들어온 듯 컴컴한 마음 한곳이 밝아"지고 "환해진 구석에서 반딧불처럼 소심하게 반짝"(24쪽)이기 시작하지 않는가.

그러나 『수지』에서 여주인공은 달과의 사랑에 의해 구원받기는커녕, 자신이 처한 비루한 처지를 거듭 확인하게 될 뿐이다. 소설은 달콤한 우연과 운명의 징검다리들을 놓아 가면서도, 우리가 사랑 이야기에서 흔히 기대하는 클리셰들을 연신 배반하며 진행된다. 그리고 그 중핵에는 동화 『인어 공주』의 모티프와 쥐의 결합이 있다. 왕자를 구한 인어 공주가 목소리를 잃고 다리를 얻는 고통스러운 변신의 과정을 감내해야 했던 것처럼, 옥상 난간에서 자살 시도를 하는 달을 우연히 구해 주게 된 주인공은 일곱 살짜리 아이로 변해 버린다. 그러나 변신 후에 인어 공주가 자신이 바로 목숨을 구해 준 여자라는 말을 하지 못하고 왕자 곁에 있는 다른 여자를 바라만 보는 것처럼, 아이가 되어 버린 '나'는 달의 옛 연인이 나타나자 유기 동물처럼 거리로 쫓겨나지나 않을까 하는 걱정에 휩싸인다.

인어 공주 모티프가 주는 슬픔을 덮어 버릴 만큼 그 위에 강렬하게 겹쳐 작용하는 것은 사랑이 시작될 때부터 곳곳에서 출몰하는 쥐의 이미지다. 드라마 「달의 마지막 연인」을 찍을 때, 대사를 말하려는 순간 우연히 지나가는 팔뚝만 한 회색 시궁쥐를 보고 '나'는 "나는 쥐가 무서워요. 하지만 당신이 쥐라면 나는 쥐를 사랑할 수도 있어요. 당신이라는 이유만으로.”라는 애드리브를 하고, 이는 달의 마음을 결정적으로 움직인다. 달과 하는 사랑의 시작과 끝에는 흰쥐의 죽음이 자리한다. 처음 고양이를 따라 달의 마음으로 들어간 내가 흰쥐를 희생양으로 삼아 달을 구하게 되면서 본격적으로 사랑이 시작되고, 나중에 도로에 뛰어든 나를 달이 구해 주고 흰쥐의 모습이 되어 죽음으로써 사랑이 끝난다. 그사이에 놓인 약 두 달하고도 보름의 시간 동안, 주인공은 갑작스럽게 변한 아이의 몸에서 어른의 몸으로 성장하게 된다. 만약 이 서사를 표면적으로만 받아들이게 되면, 소설은 팀 버튼 식의 기괴하면서도 사랑스러운 독특한 질감의 동화 또는 환상소설로 읽힐 수도 있을 것이다. 그러나 이 소설에서 주인공인 ‘나’가 아이가 되어서 ‘달’과 함께 살며 사랑하다 빠져나오는 약 두 달 보름의 시간이 흥미롭게도 사랑의 호르몬이 가장 열정적으로 작동하다가 그친다는 아홉 주 반의 시간과 겹친다는 사실에 착안한다면, 이 모든 상황을 사랑의 알레고리로 읽어 내는 것도 가능하다.

사실 사랑을 하면 누구나 아이가 되는 법이다. 평소 같았으면 절대 하지 못했을 말 — “오늘 내 옆에서 자면 안 돼? 내가 사라질까 봐 무서워.”(69쪽) — 을 하며 철없이 조르기도 하고, 상대방의 예전 사랑에 대해 치솟아 오르는 질투를 억누르지 못해 함부로 마음을 찢어 대는 말을 하고는 곧 후회에 빠지기도 하며, 결국 다시 돌아와 숨 막히는 포옹을 나눌 때면 어떤 존재가 나를 따뜻하게 품고 있다는 자체만으로 순간이 가득 채워진 느낌을 받기도 한다. 그 세계 속에서 유일하게 그리고 절대적으로 중요하게 다가오는 것은 상대방이 지닌 사랑의 밀도뿐이기에, 내가 달의 사랑을 느끼는 순간에만 그 사랑을 자양분 삼아 급작스러운 몸의 변화를 겪으며 어른으로 성장하는 것은 자연스럽다. 그러나 정작 어른의 몸이 되어 사랑을 나누려고 하자, 달은 성인 남자만 한 회색 쥐로 변해 버린다. 동화라면 마땅히 '그래서 행복하게 살았습니다.'가 나와야 할 시점에, 갑작스럽게 운명적 사랑에 골인할 거라는 기대가 배반된다. 하지만 우리는 사랑이 성공했을 때보다 실패했을 때 그 폐허의 장소에서 더 오래 반추하게 되며, 그래서 더 많은 것을 깨닫게 되지 않는가. 우리는 연인이 뒤돌아섰을 때에야 그를 제대로 바라볼 수 있으며, 그 사랑의 또렷한 형상을 그려 낼 수 있지 않은가.

브루노 베텔하임은 동화가 어린이의 나이와 인지 발달 상황에 알맞게 성에 관해 알려 주며, 성적 상대를 처음에는 동물로 경험하는 모티프는 성적 행위에 대한 본능적인 두려움과 억압을 나타낸다고 보았다. 소설 속에서 주인공이 아이로 변하기 직전 교미를 위해 정신없이 움직이는 쥐를 목격하게 되는 장면이나, 어른이 되어 육체관계를 하려는 순간 '달'이 쥐로 변해 버리는 대목도 성적 결합을 둘러싼 두려움을 간접적으로 보여 주는 장치처럼 보인다. 그런데 이는 기실 알고 싶지 않았던 상대방의 본질을, 그야말로 '달의 이면'을 맞닥뜨리게 되는 순간처럼 보이기도 한다. 사랑과 성장은 오래된 짝처럼 사이좋게 붙어 다니는 말이지만, 타인의 사랑에 일방적으로 의존해 성장하는 것은 지나치게 운이 좋거나 아니면 어딘가 기만적인 일일 수밖에 없다. 우리는 소설에서 사랑이 시작되는 순간 갑자기 아이가 되어 버린 주인공이 근본적으로 엇갈려 있는 시간을 창출해 내고 있다는 점에 대해 생각해 보아야 한다. 그녀의 시간을 거스르는 특이한 삶의 경험이 어떠한 방식으로 사랑의 단층들과 만나고 있는지 생각해 보아야 한다.

아이가 되었다는 이유로 아무 대가 없이 달의 보살핌을 받기 시작한 '나'에게서는 상대방에 대한 어떠한 이해나 배려도 보이지 않는다. 주인공은 "당신이 나를 당신 이상으로 생각하고, 내가 당신을 나 이상으로 생각한 순간"(135쪽) 아이로 변하게 했던 마법이 풀렸다고 생각하지만, 그것은 착각처럼 보인다. 달이 타인 앞에서 나를 꾸미지 않고 나 자체로 인정해 주었던 것과 달리, 나는 아이로 변해 버린 자신만 생각하며 불안해하고, 달의 사랑이 연민은 아닐까 의심하며 신경질적으로 굴고, 갑자기 나타난 달의 첫사랑을 시기하느라 날 선

공격을 퍼붓는다. 물론 멀리서 찾을 것도 없이 우리 모두는 대개 자기만 알기에, 자신을 사랑하는 사람의 정체조차 알지 못한다. 하지만 언젠가 꼭 그 사람의 받아들이기 어려운 허물 같은 본질과 맞닥뜨리게 되는 순간이 오며, 이때 자신의 힘으로 사랑을 일구어 오지 않았던 이들은 본능적인 두려움을 느끼고 이로부터 도망칠 수밖에 없다. 한 번도 먼저 희생하거나 믿음을 갖기 위해 노력하지 않았던 나의 사랑은 그렇게 달이 쥐가 되는 순간, 무력하게 스러지고 만다. 결국 물거품이 되어 버린 것은 내가 아니라 사랑을 위해 희생할 준비가 되어 있던 달이었다. 그래서 소설은 인어 공주의 이야기이긴 하지만, 그 주인공은 이기적인 인어 공주다. 소설은 사랑을 위한 희생의 숭고함을 그린 슬픈 동화가 아니라, 사랑 앞에서 우리가 얼마만큼이나 순수하게 이기적이 될 수 있는지를 직시하게 하는 잔혹 동화가 되는 것이다.

Take 2 이지러지는 달, 차오르는 달

하지만 소설은 잔혹 동화가 되는 그 시점에서 오히려 솔직하고 담백한 연애성장소설로 몸을 비튼다. '달'은 어둠 속에 하나의 빛이 되어 나타난 사랑하는 이의 별칭인 동시에, 보통

명사로서의 달(月)을 계속적으로 상기한다. 달이 스스로 빛을 내는 항성이 아니라 지구를 지키며 빙글빙글 도는 행성인 것처럼, 실제로 남자 '달'은 어린아이로 변한 '나'를 내내 지켜 줄 뿐만 아니라 마지막 순간 차도로 뛰어든 '나'를 트럭으로부터 구해 내고 죽는다. 그런데 달은 지구를 둘러싼 궤도를 결코 이탈하지 않는 헌신을 보이기도 하지만, 끊임없이 모습이 바뀌기에 그 본질을 끝내 포착할 수 없는 사물이기도 하다. 달이 차오르면 반드시 이지러지는 것처럼, 이들의 사랑 역시 어디에선가 끝나리라는 것은 처음부터 예정되어 있었다. 하지만 이 모든 것을 알지라도 사랑의 끝 앞에서 우리는 언제나 망연자실한 채 "햇빛에 반사되었다가 사라지는 물거품 같은"(149쪽) 이 결과에 대해 회한에 잠긴 채 거듭 더듬을 수밖에 없다.

그런데 작가가 진짜 전하고 싶어 했던 이야기는 이렇게 사랑이 멈춰 버린 바로 이 지점에서, 사랑이라는 환상이 빠져나간 뒤 남겨진 고독의 외피를 입은 채 새로이 시작되는 것처럼 보인다. '나'는 자신의 성장판이 달의 마음과 보이지 않는 탯줄로 연결되어 있어 달의 사랑을 자양분 삼아 자란다고 믿었지만, 결국 그 사람의 믿고 싶지 않은 실체를 보는 순간 다시 아이의 모습으로 돌아올 수밖에 없었다. 그리고 이때 기억해 내는 달과의 대화는 영원한 아이로 남아 있어야만 머무를 수 있는 에덴동산에 대한 이야기다. 선악과는 금기의 위반을 통해 어른으로 성장하는 하나의 계기였고, 신을 불편하게 한 것은 바로 아담과 이브의 눈이 신의 완벽함 가운데서 완벽하지 않은 부분을 보기 시작했다는 데 있었다. 이를 통해 유추해본다면, 어른으로 성장한다는 것은 결국 우리 안의 불완전함을 받아들이는 일이자, 불완전한 두 주체의 만남에서 환상적인 합일의 순간이라는 것은 결코 찾아오지 않는다는 것을 받아들이는 일이다. 하지만 자신의 불완전함을 인정하는 데 있어서는 어쩌면 스스로 다 자랐다고 믿는 어른들이야말로, 지금 살벌한 미래 앞에서 성년을 받아들일까 말까 망설이는 청년들보다 훨씬 서투를 수 있다.

소설은 이를 딛고 나아간다. 성장은 내가 사랑했던 존재가 '거대한 쥐'로 표상되는 불완전한 면모를 가지고 있음을 가까스로 수긍하는 것이다. 또한 누군가 연인과 헤어졌다 할지라도 세계가 그를 위해 멈추지는 않는다는 혹독한 사실을 받아들이는 것이다. 달의 노트에 쓰여 있는 것처럼 "사랑받기 위해 태어나는 건 아니다."(142쪽)라는 명제를 스스로에게 적용하며 이해하는 것이다. 공원에서 만난 '수상한 고양이'는 쥐로 변한 달을 버리고 도망쳐 나온 화자에게 "비록 삶이 의도하지 않은 방향으로 흐르더라도 반 이상 자기가 책임을 져야 한다는 그런 논리"(141쪽)에 대해 설명한다. 이는 더 이상 사랑과 성장의 문제를 타인에게 미룰 수만은 없다는 것을 의미한다. 그리고 바로 이 지점에서 김주희의 소설이 기존의 낭만적이지만 단순한 해피엔딩으로 귀결되는 동화들과 변별되는 생기를 띠기 시작한다.

백설공주나 신데렐라의 이야기들은 여주인공의 감정에 대해서 별로 이야기하는 바가 없다. 구원자는 신붓감에게 어떤 형태로든지 자신의 사랑을 증명하지만, 여주인공들은 왕자에 의해 잠에서 깨어나거나 선택된다. 게다가 이 이야기들은 결혼한 후의 삶에 대해서는 침묵한다. 여주인공을 참된 사랑의 문턱까지만 올려놓고, 사랑하는 사람과의 진정한 결합을 위해서는 어떤 인격적 성숙이 필요한지는 말하지 않는다. 그러나 주인공이 너무나 매력적이라 사랑받을 만하고, 또 아무리 지금 왕자의 사랑을 듬뿍 받고 있다 하더라도 그것만으로 행복이 보장될 수는 없다. 결국 타인과 분리되어 고립을 초월해 진정한 자신이 되는 성숙을 이루지 못한다면, 이때 구성되는 행복은 너무나 연약한 것일 수밖에 없다. 타인의 승인과 사랑에 대한 맹목적인 갈구에는 질투와 죄책감의 그림자가 언제나 따라다니기 때문이다. 소설의 막바지에 이르러 주인공은 "인정받기 위해 다른 이름으로 불리는 역할에 충실했던 나를, 관심을 받으려고 충동적으로 도로에 뛰어든 나를…… 있는 그대로 받아들"이며, "나는 처음으로 나를 포용해"(179쪽)

준다. 상대가 쥐로 변한 후에 내내 날 선 느낌을 유지하던 소설은 이 지점에 이르러 비로소 평화의 온기를 찾는다.

이는 참으로 기이한 평화다. 어떻게든 변하겠다고 이를 악무는 것이 아니라, 그렇게 해 봤자 우리가 쉬이 변할 수 있는 존재가 아니라는 것을 받아들이는 데서 오는 평화다. 또다시 사랑에 빠졌을 때는 더 애절하겠다고, 상대를 위해 기꺼이 모든 것을 희생하겠다고 마음먹는 것이 아니라, 자신이 비겁하고 이기적이라는 사실을 잊지 않겠다고 말하는 데서 오는 평화다. 언젠가 발터 벤야민은 이렇게 말했다. 세계에 대해 어린 아이가 처음 경험하는 것은 "어른들이 좀 더 강하다."는 깨달음이 아니라 "오히려 어른들이 마술을 부릴 수 없다."는 깨달음이라고. 아감벤은 벤야민이 환각제를 복용한 상태에서 한 이 말에 착안해 행복에 대한 사유를 발전시킨다. 우리가 우리의 장점과 노력으로 얻을 수 있는 것들이라면 그게 무엇이든 우리를 진정 행복하게 해 줄 수는 없으며, 행복이란 행복이 우리의 운명으로 주어지지 않은 곳에서만 우리에게 속한다는 것이다. 행복을 주관하는 것이 주체가 아니라면, 사랑 역시 마찬가지일 것이다. 그것은 우리의 장점과 노력으로 얻을 수 있는 것이 아니며, 거기에서 비롯되는 고통이 우리의 사랑을 특별하다거나 심오하다는 사실의 증거로 기능하지도 못한다. 다만 우리는 불가역적으로 찾아온 사랑이 결국에는 실패로 귀결되고 불가해한 물음과 공허만을 남겨 놓고 떠날 때, 그럼에도 최소한 여기에 '나'만큼은 여전히 단단하게 남아 있음을 확인할 수는 있다. 이별은 언제나 우리가 사랑하기에는 너무 이르거나 늦어 버렸다는 사실을 상기하게 하지만, 괜찮다. 다시 사랑하면 되는 것이다. "잠시 후 저 문을 열고 운명의 연인이 돌아올 것만 같은 예감"(180쪽)에 지금 당신 역시 두근거리지 않는가.

Take 3 어쩌면, 사랑보다 깊은 우정

그런데 작가는 사랑의 실패와 이로 인해 얻게 된 성장에서 그치지 않고, 또 다른 구원 가능성을 발견하는 것처럼 보인다. 이상한 나라의 앨리스가 자신의 몸을 줄였다 늘렸다 하듯 주인공이 끊임없이 아이와 어른의 모습을 오가기 때문에, 이 소설은 꼼꼼히 여러 번 읽는다고 해도 어디서부터가 환상이고 어디서부터가 현실인지 명확히 구분하기 어려운 구조로 되어 있다. '나'만 아이와 어른의 경계를 오가는 것이 아니라, '달'은 흰쥐가 되어 죽음으로써 현실에서 사라져 버리고 '수지'는 아무것도 기억하지 못하는 타인의 눈빛으로 날 바라보기에, 바라보는 시선에 따라 모든 것은 심지어 하나의 백일몽으로 느껴지기까지 한다. 이렇게 소설 속 누구도 주인공의 존재를 증명해 줄 수 없는 상황에서 한결같이 존재함으로써 자아의 연속성을 보장해 주는 인물은 바로 '소년'이다.

소년과 나는 공원에서 우연히 만나는 사이일 뿐, 여기에 운명적이거나 극적인 연결 고리는 존재하지 않는다. 하지만 소년은 내 이야기를 가장 잘 들어주는 사람이며, 변하기 전에 만났던 나의 모습을 기억해 주는 유일한 사람이다. 달과 다투고 공원으로 도피했을 때, 나를 가장 걱정해 주고 이야기를 들어주며 위로해 준 사람은 바로 소년이었다. 달과 그의 돌아온 첫사랑 수지가 키스하게 되면 자신은 물거품이 되고 말 거라는 나의 말에 소년은 21세기 인어 공주는 바보처럼 사라지는 대신 퐁퐁이 돼서 보란 듯이 주방에 있었다는 말로 재치 있게 응수한다. 달의 죽음과 수지의 망각 이후에도 여전히 나를 기억하는 소년을 통해 나는 내 힘으로 맺은 인간관계는 없어지지 않는다는 것을 깨닫게 된다. 소년과의 우정은 반복되는 '우연'으로 시작되었지만 그것은 어느 순간 친구 하자고 손 내미는 '의지'로 연결됨으로써 느슨한 듯 가장 끈질긴 연결 고리가 되어 소설의 처음과 끝을 지켜 준다.

사랑은 지속될 강렬한 이유를 찾지 못하는 순간 파국에 이르지만, 우정은 특별한 열정 없이도 중단할 이유를 찾지 않는 한 지속되는 법이다. 사랑의 요체는 대상과 하나가 되려

는 욕망이며 그것은 근본적으로 불가능하기에 작은 불일치에
도 절망에 밀어 넣어진다면, 우정의 요체는 대상과 내가 아무
리 달라도 같은 시공간을 공유한다는 사실 자체에 있기에 작
은 공감에도 큰 기쁨과 함께 공고해질 수 있다. 아리스토텔레
스는 『니코마코스 윤리학』에서 우정에 대해 다음과 같이 말
한다. "존재한다는 것이 선택할 만한 것이 되는 것은 자신이
좋은 사람임을 지각하기 때문이다. 그런 지각은 그 자체로 즐
거운 것이다. 따라서 친구가 존재한다는 것을 함께 지각하는
일이 필요한데, 이것은 함께 살며 서로 행동과 생각을 나누
는 일을 통해 성립한다." 우정은 자신의 고유한 존재감 속에
서 친구의 존재를 함께 지각하는 심급이다. 친구들은 우리가
일반적으로 생각하듯 어떤 대상(출생, 법, 장소, 취향 등)을 함께
나누는 것이 아니라, 우정에 대한 경험에 의해 항상 이미 함
께 나눠져 있다. 왜냐하면 우정에 있어 나눠지는 것은 존재한
다는 사실, 삶 자체이기 때문이다.

소설 속에서 소년이 가장 명확하게 그리고 오래 나를 기억
해 준다는 것, 그것만으로도 나의 고독은 상당 부분 위무된
다. 격정적으로 불타오르는 것이 아니라 언제나 그 자리에서
은근한 온기를 간직한 채 이어지는 소년과의 우정은, 예민함
속에서 불안과 상시적으로 대치하며 저울질되는 사랑과 달리
우직하게 자리한 채 절대 쉽게 소진되어 사라지지 않는다. 작

가는 사랑의 환상이 깨져 나간 자리에서 허탈해할 수도 있을 독자들에게 느리게 태동하지만 가장 오래 남아 낡은 스웨터처럼 편안함과 위안을 안겨 주는 우정을 선물하는 것처럼 보인다. 어쩌면 우정은 어떤 대상에 대한 사랑을 부수지 않으면서도 다른 대상을 사랑하는 방법을 알려 주는 무엇인지도 모르겠다. 유일하거나 강렬할 필요가 없기에 냉소와 의심과 비관을 거치고도 훼손되지 않는 여전한 우정이란 어쩌면 사랑보다 깊은 것이자, 우리 생에 찾아오는 또 다른 구원일 수 있을 것이다.

공원의 어둠 속에서 소리가 들려온다. "당신은 혼자가 아니에요. 지금 이 순간에도 누군가 당신을 부르고 있어요."(43쪽) 그것이 얼마나 지속되는 감정일지 알 수 없고, 그 승패 역시 예단할 수 없지만, 당신이 이를 무조건 수락하기를 권한다. 혹여 이 한여름 밤의 잔혹 로맨스가 실패로 돌아가더라도, 존재의 심지는 더 단단해질 것이며 운이 좋다면 그 과정에서 생겨난 우정이 당신과 함께하게 될 것이다.

김주희

4월 22일 태어났다. 명지대학교 문예창작학과를 졸업했다. 2004년 장편소설 『피터팬 죽이기』로 제28회 〈오늘의 작가상〉을 수상하며 등단했다. 2008년 4월 22일 첫 번째 소설집 『파란나비 효과 하루』를 펴냈다. 그리고 2012년 겨울 장편 소설 『수지』를 선보인다.

수
지　—쥐와 연애하는 소녀

김주희 장편소설

1판 1쇄 찍음　2012년 12월 18일
1판 1쇄 펴냄　2012년 12월 28일

지은이　김주희
발행인　박근섭·박상준
편집인　장은수
펴낸곳　(주)민음사

출판등록　1966. 5. 19. 제16-490호
주소　　　(135-887) 서울시 강남구 신사동 506번지
　　　　　강남출판문화센터 5층
대표전화　515-2000 | 팩시밀리　515-2007
홈페이지　www.minumsa.com

ISBN　978-89-374-8633-3 (03810)